Pierre Naudin

Pierre Naudin est né en 1923 à Choisy-le-Roi. Journaliste, il a publié des essais et des romans, notamment *Les mauvaises routes* (1959).

Il se passionne pour le XIVe siècle et ses chroniqueurs, comme Jean Froissart et Jean le Bel, et poursuit d'importantes recherches sur le Moyen Âge, qui ont abouti à l'écriture du *Cycle d'Ogier d'Argouges* et du *Cycle de Tristan de Castelreng*. Ainsi, depuis 1978, ces fantastiques épopées historiques, unanimement saluées par la critique, entraînent des milliers de lecteurs dans la France médiévale, dont Pierre Naudin restitue, avec justesse et minutie, le tumulte et les élans.

Membre éminent de l'Académie royale des beaux-arts et des sciences historiques de Tolède, Pierre Naudin donne régulièrement des conférences dans les universités d'Europe.

YOLANDE DE MAILLEBOIS

DU MÊME AUTEUR
CHEZ POCKET

CYCLE D'OGIER D'ARGOUGES

1. LES LIONS DIFFAMÉS
2. LE GRANIT ET LE FEU
3. LES FLEURS D'ACIER
4. LA FÊTE ÉCARLATE
5. LES NOCES DE FER
6. LE JOUR DES REINES
7. L'ÉPERVIER DE FEU

CYCLE DE TRISTAN DE CASTELRENG

1. LES AMANTS DE BRIGNAIS
2. LE POURSUIVANT D'AMOUR
3. LA COURONNE ET LA TIARE
4. LES FONTAINES DE SANG
5. LES FILS DE BÉLIAL
6. LE PAS D'ARME DE BORDEAUX
7. LES SPECTRES DE L'HONNEUR

PIERRE NAUDIN

YOLANDE DE MAILLEBOIS

AUBÉRON

Le Code de la propriété intellectuelle n'autorisant, aux termes de l'article L. 122-5 (2° et 3° a), d'une part, que les « copies ou reproductions strictement réservées à l'usage privé du copiste et non destinées à une utilisation collective » et, d'autre part, que les analyses et les courtes citations dans un but d'exemple et d'illustration, « toute représentation ou reproduction intégrale ou partielle faite sans le consentement de l'auteur ou de ses ayants droit ou ayants cause est illicite » (art. L. 122-4).
Cette représentation ou reproduction, par quelque procédé que ce soit, constituerait donc une contrefaçon sanctionnée par les articles L. 335-2 et suivants du Code de la propriété intellectuelle.

© Éditions Aubéron, Bordeaux, 1998

ISBN 2-266-11990-7

*À
Annette et Michel Valès
qui pourvoient à mes besoins
en stylos, papier, « effaceurs »
et surtout en rouleaux n° 3 !*

I

C'était du poing qu'il frappait désormais à la porte. Quatre coups si violents, cette fois, qu'ils eussent pu assommer une bête – ou une femme.

— Ouvrez, Yolande !... C'est moi, Floris, si vous ne l'avez deviné.

Un infime sourire anima les lèvres de la recluse tandis qu'elle imaginait l'impatience et la frénésie qui, derrière l'épais vantail de chêne, devaient animer l'infidèle.

Il appuyait en vain sur le poucier au risque de le tordre. Le loquet cliquetait contre le mentonnet et cette trépidation incessante et stérile avait de quoi l'exaspérer. Il n'ignorait pas que sous la fragile serrure contre laquelle il s'acharnait, le gros verrou que Béraud avait installé lors d'une de ses absences résisterait à sa fureur.

— Hâtez-vous de défermer cet huis ou je m'en vais quérir une masse !... Vous serez moult contristée, croyez-moi, lorsque j'aurai réduit cet obstacle en morceaux !

Une sorte d'apoplexie devait vermillonner sa figure et son corps frémissait d'une impuissance passagère dont elle commençait à redouter les effets. Cependant, plus la fureur de Floris s'exaspérait, plus elle lui opposait – non sans mal – une sérénité de plomb.

— Ouvrez ! hurla-t-il en renouvelant ses frappements contre la porte. Un tel entêtement est indigne de vous.

Et son infidélité ? N'était-elle pas indigne ?

— Allez-vous-en, dit-elle en s'efforçant à une indifférence qu'elle ne pouvait éprouver. Vous êtes attendu. Est-ce à moi de vous l'apprendre ?... Je sais de quels propos vous m'allez abreuver. Ils n'ont point varié depuis six mois. Leur renouvellement me laissera de glace.

— Ouvrez, vous dis-je !

Allait-elle obtempérer ? Si oui, il entrerait d'un pas sec, le chaperon en tête, le pourpoint gonflé d'orgueil autant que de capiton, les chausses à houser (1) enfoncées dans des heuses de cordouannerie sang-de-dragon. A ses talons tintaient les éperons aux molettes étoilées dont il ne faisait point usage. « *J'aime trop mes chevaux pour les abrocher* », disait-il. Et d'ajouter, lors de certains festins, qu'il préférait leur compagnie à celle de son épouse. Même en sachant qu'ils le désapprouveraient, il fallait qu'il fît profiter de sa niaise méchanceté ses voisins et voisines. A la longue, ces outrages avaient perdu leur pouvoir corrosif. Tandis que Floris épanchait gaiement son fiel, elle épiait d'un regard impassible les chevaliers et chevaleresses de leur immédiat entourage. Tous se tournaient vers Mahaut de Boigneville dont ils savaient que son époux s'était épris. Celle-ci, le teint soudain rose, baissait les yeux sur son

(1) Bas longs.

écuelle. Tour à tour humble et hautaine, elle savait exercer d'un bout à l'autre d'une tablée attentive à ses moindres gestes, un ascendant qu'aucune gentilfame n'eût osé lui disputer.

— Décidez-vous, Yolande, ou j'enfonce cet huis.
— Laissez-moi achever mon aiguillée.

Elle mentait. Bien qu'elle fût assise devant sa tapisserie, elle n'y œuvrait point. Une sorte de langueur l'avait saisie lorsqu'elle avait évoqué ces festins où Floris se paonnait (1) à ses dépens sans parvenir à ébaudir les convives. Tous savaient que le couple Floris-Yolande de Maillebois se déchirait en de fréquentes querelles ; tous attendaient la rupture. Mahaut qui profitait outrément des attentions et largesses d'un admirateur dont elle avait fait son marmouset (2) s'imaginait déjà mariée. Hardis lorsqu'ils n'étaient indifférents ou dédaigneux, les regards qui la guignaient constituaient pour l'usurpatrice autant d'agréables hommages. Il se pouvait, à la longue, que Floris fût dévoré de jalousie.

« Sitôt leur curiosité assouvie sur cette ambitieuse, c'est sur moi que nos soi-disant amis l'exercent. Aucun d'eux n'ose me secourir d'une louange ou d'un sourire. Plutôt que de m'affliger, leur compassion me courrouce. Certes, il en est qui se veulent miséricordieux. Ainsi, dès la sortie de table, Armide d'Arilly est toujours la première à me réconforter… avant d'aller trouver Mahaut pour jaboter sur ma disgrâce… Seigneur Dieu qui me connaissez moult bien,

(1) Faire « la roue » comme le paon. Se « montrer » avec ostentation.
(2) Fou, favori.

pourquoi avez-vous permis que mon époux se laisse essanner (1) par cette convoiteuse ?... Méritai-je un tel affront ? »

A pas lents, résignée, Yolande marcha jusqu'à l'huis. Collant son oreille contre l'ais sculpté en ronds et en losanges, elle entendit un souffle et sut que Floris était là, immobile et furibond, dans la même attitude qu'elle-même.

Elle poussa le verrou hors de ses verterelles.

— Entrez, dit-elle sans souci de déclore la porte.

Il obtempéra et dès le seuil débrida sa colère :

— Il était temps. J'étais près de me conduire ainsi qu'un malandrin !

— C'est ce que je craignais. Vous eussiez enfoncé cet huis de la même façon que certains autres quand vous êtes à la guerre... surtout, peut-être, quand d'invisibles femmes ont crié de frayeur.

— N'exagérez point... Vous savez bien que je ne vous toucherai pas.

— Oh ! cela, je le sais. Je ne le sais que trop.

Allusion certainement stérile : Floris n'était plus assez subtil, désormais, pour en comprendre le sens. Il avait tant changé depuis que Mahaut l'avait enganté. Il la touchait, elle, et sans doute amplement.

Yolande s'assit à son ouvrage. Quoique s'interdisant d'observer l'importun, elle l'imaginait sans peine : un visage à la fois rubicond et dominateur, une apparence de sublimité un peu vulgaire née de la certitude de subjuguer Mahaut alors qu'il n'était qu'une proie qu'elle commençait à plumer.

(1) *Essanner* : mettre hors de sens.

— Eh bien, Yolande, dit-il de cette voix qui savait si bien mordre et dilacérer. Allez-vous relever la tête afin que je vous voie ?

Elle feignit d'être absorbée par l'aiguillée de fil grenat qu'elle destinait à l'unique pivoine de sa tapisserie.

— Je croyais, mon cher époux, que vous ne m'aviez que trop vue.

Comme toujours, lorsqu'il franchissait le seuil de la chambre, il avait amené avec lui une sorte de froidure et d'orage. Elle ne cessait de frissonner. Qu'était-il venu lui proposer avant de rejoindre ses invités dans la cour ?

— Que voulez-vous ?

Elle avait délibérément évincé de sa question ce « Floris » qui lui avait tant plu naguère et qu'elle détestait désormais, le trouvant peu conforme à cette tête ronde dont les yeux noirs, sous d'épais sourcils froncés, l'examinaient comme une malade. Au moins, la trompant ouvertement, eût-il dû s'apitoyer sur son infortune et s'exprimer courtoisement plutôt que de lui enjoindre sur un ton dont l'acerbité croissait de mot en mot :

— Décidez-vous enfin !... Il faut nous séparer. Nous en tirerons l'un et l'autre avantage.

Elle supporta courageusement la vision de Floris et Mahaut nus, enlacés.

— Croyez-vous ?

— Cela vous plaît-il de guerroyer contre moi ?

Naguère, elle éprouvait une gêne exaltante à sentir le désir qu'il avait soudain d'elle. Désormais, un autre désir animait ce perfide : celui de la rejeter loin, très loin de sa vie.

L'intensité de sa répugnance envers elle n'avait d'égale, sans doute, que l'attirance qu'il ressentait pour Mahaut. Elle avait été son Yseult, elle était désormais Morgane.

— Décidez-vous enfin. Il faut nous séparer.

Il se répétait. Leçon bien apprise. Elle le dévisagea juste le temps de s'imprégner de son orgueil et de sa forcennerie. Jamais elle ne consentirait à rompre le sacrement d'un mariage qu'ils avaient ardemment voulu l'un et l'autre. Pour obtenir sa liberté, Floris ne disposait que d'un moyen : l'occision. Bien qu'elle s'effrayât parfois à cette idée, elle le croyait incapable d'un meurtre.

Abandonnant son ouvrage, elle s'approcha de l'unique fenêtre de son reclusoir. Dehors, le soleil matinal brûlait déjà les murs intérieurs de l'enceinte et la cour, où dix chevaux jouaient du sabot, devenait d'une blancheur aveuglante. Ce dimanche 31 juillet 1356 serait d'une beauté inespérée après deux semaines de vent et de pluie. Au-delà du crénelage, sous un ciel d'une bleuité parfaite, s'éployait la colline crépue en lisière de laquelle Floris allait lâcher sa meute.

« Pourvu que ce grand cerf lui échappe à nouveau ! »

Floris s'était approché. Yolande se sentit saisie aux épaules.

— Renoncez à me montrer votre dos sitôt que j'apparais. Notre existence ne cessera de s'envenimer si nous continuons à partager cette demeure...

Elle frémit. Quelle effronterie ! Avait-il perdu la mémoire ?

— Ce châtelet est mien. Vous avez pris mon nom au détriment du vôtre.

— Soit, il vous appartient. Lorsque nous nous sommes

connus, aux joutes de Dreux, je n'étais, il est vrai, qu'un hobereau sans fortune. Mon frère étant l'aîns-né, je n'avais que la prêtrise pour avenir, ce à quoi je me refusais. Vous m'avez sauvé de ce destin amer et je vous en sais toujours bon gré. Vous m'avez permis *avec joie* de substituer Maillebois à Morgny qui, selon votre père, empestait la routure (1)... Vous êtes céans chez vous, je n'en disconviens pas et vous le répète encore : je partirai dès votre consentement au divorce. J'irai vivre...

Yolande eut un rire bref, aigu, analogue à un coup de griffe.

— Chez *elle* ?... Vous y trouverez du changement !... Elle n'a qu'une maison bourgeoise pour demeure après avoir dilapidé ce que ses maris lui avaient laissé. Elle veut Maillebois car vous vous êtes évidemment abstenu de lui révéler que cette chevance (2) est mienne.

Yolande se refusait à regarder Floris. Comment n'eût-elle pas deviné les diverses spéculations dont son époux et sa conquête accommodaient leurs étreintes ?

— Je m'engrigne, Yolande, de devoir partager avec vous ces murs et les nourritures que nos meschines (3) apprêtent. Je hais jusqu'à l'air que nous respirons lorsqu'il advient que nous soyons ensemble.

— Partez orains (4)... si vous en avez le courage.

— Dites-le-moi en face.

(1) Roture.
(2) Les biens, la propriété.
(3) Domestiques.
(4) Immédiatement.

— Non... Et d'ailleurs le courage ou l'intégrité vous manquerait pour franchir définitivement ces parois.

Le connaissant mieux qu'il ne la connaissait, elle imaginait les lignes tout à coup aiguës de son nez, le pincement de sa bouche et l'assombrissement de ses prunelles.

— J'étouffe céans plus que vous-même... et vous le savez, dit-il après un soupir bruyant dont Yolande reçut le flux sur son cou.

« Quand va-t-il me lâcher pour qu'enfin je m'éloigne ? »

— Jamais vous ne me pardonneriez cet adultère si j'y renonçais. Il vous fait souffrir la géhenne... Jamais nous ne pourrions nous réconcilier... De sorte qu'il est préférable de rompre nos chaînes.

— Pour que vous portiez joyeusement celles que Mahaut vous passera au col, aux poignets, aux chevilles !

— Elles seront légères. Les vôtres sont pesantes et m'entravent la vie.

Décidément, il ne lui épargnerait aucun affront.

— Nous nous sommes aimés, Yolande, crut bon de rappeler Floris avec une douceur de surface d'où sourdaient des grondements. Que je vous désaime après vingt ans de mariage n'est pas un crime. Je le sais désormais aussi bien que vous-même : lorsque les dilections cessent, la lie qui subsiste de ces amours défuntes n'est rien d'autre qu'une indifférence terrible. Au commencement, il n'est pas un moment que l'on ne veuille partager pour se remirer (1) l'un l'autre. A la fin, on ne peut plus supporter de se regarder en face.

(1) Regarder attentivement, voire admirer.

— Si vous aviez laissé Bernard à Maillebois, comme je vous en adjurais, il vivrait encore, j'en suis acertenée (1). Il aurait vingt-six ans maintenant (2). Il serait marié, père de famille, et si son épouse était belle, vous jetteriez dessus des regards chargés de la même concupiscence – ou peu s'en faudrait – que lorsque vous observez Mahaut.

Yolande s'interrompit. Le désespoir où ce trépas l'avait précipitée réoccupait son cœur et tourmentait sa mémoire. Elle ne regardait toujours pas Floris. Sa présence lui donnait du mésaise. Pourtant, elle persistait à refuser le divorce moins par un religieux scrupule que pour se venger de son infortune.

— J'ai regret de la mort de Bernardet autant que vous-même. Il s'est battu comme le taureau de mes armes.

Bernard s'était refusé à porter sur son écu et sa cotte l'aigle essorante d'argent des Maillebois. Yolande eut envie de répliquer que ce taureau n'était qu'un bœuf mais s'abstint, réservant pour plus tard cette flèche. Courageux, certes, Floris l'était. Mais quel homme ne l'était-il point à la guerre ? Cependant, à Crécy, le fidèle Béraud, son écuyer, l'avait vu s'escamper sur la pente du Val-aux-Clercs.

— Bernardet, Yolande, était un fils dont j'étais satisfait. Je le suis encore. Si les Goddons n'avaient pas fait disparaître son corps après la bataille, j'aurais ramené céans sa dépouille et lui aurais donné, à Maillebois, une sépulture digne de sa vaillance.

(1) « J'en suis certaine. »
(2) La bataille de Crécy eut lieu le 26 août 1346.

— C'est bien pourquoi je me refuse à vous voir !
— Yolande !

Floris essaya de la tourner vers lui. Elle résista. Les mains qui la contraignaient tombèrent.

— Convenez-en !... La même force qui nous accolait nous repousse... L'odeur de nos chairs sublimait nos ardeurs ? Elle nous est insupportable... Nous partagions le même lit ? Nous faisons depuis une éternité chambre à part.

— A qui la faute ?... C'est bien vous qui à mon détriment avez prononcé l'anathème. C'est bien vous qui m'humiliez soit seul à seul, soit devant nos amis... ou plutôt mes amis que vous vous êtes arrogés car vous n'en aviez aucun avant notre mariage... Et vous jouissez de m'abrocher (1) devant eux !... Vous vous riez de ma détresse...

Yolande referma ses mâchoires sur un cri de désespoir.

— Notre vie, reprit Floris insensible et inflexible, notre vie est devenue vide, maussade de jour en jour.

— Vide, dites-vous ?... Maussade ?... Vous connaissez la raison d'une affliction dont je ne puis me guérir. Je vous ai donné deux fils... La belle offrande !... Vous avez laissé occire notre ains-né à Crécy et ce deuil ne vous a guère affecté, que je sache !

— J'avais trois Goddons après moi lorsqu'il fut assailli par deux autres. Je vous l'ai dit cent fois et je n'en démords point !... Vous ne pouvez imaginer ce que fut cette bataille. Ceux qui en étaient vous ont dit aussi bien que moi dans quel enfer nous nous sommes engagés à l'instigation du roi, du duc d'Alençon et des autres !

(1) Eperonner.

Yolande n'osa dire un mot. Le deuil persistait chez elle. Chaque matin, dès son réveil, elle avait une pensée pour Bernardet. Floris n'en avait aucune. Elle priait pour qu'il fût heureux au Ciel. Floris ne priait qu'à l'occasion des grandes fêtes. Sa tête, son cœur étaient pleins de Mahaut.

— Il vous reste Olivier, dit-il soudainement affable. Il est de votre espèce : une religiosité extrême. Davantage avec Dieu qu'avec toute la gent qui l'entoure. A seize ans, bien que bon chevaucheur, il délibère pour monter en selle. Il déteste la chasse et répugne à caroler avec des jouvencelles auxquelles il n'est point indifférent...

— Il se destine au Christ et vous le savez bien !

— Je ne le sais que trop.

Blanche de fureur en raison du rire qui avait souligné cette repartie, les yeux plus brillants que les deux affiquets nacrés destinés à joindre le col de sa robe, Yolande enfin fit front, et du bout des dents :

— Il ne fallait point amener céans ce chapelain, frère Mansart, qui l'a impliqué dans cette voie certainement sur vos conseils afin que Maillebois revienne entièrement et sûrement à Bernardet. Ah ! celui-là...

— Qui ? Notre aîns-né ou le moine ?

— Le clerc !... La croix dans une main et le... reste dans l'autre. Il m'a troussé deux vacelles (1) !

Floris se renversa, les poings sur les hanches et dans un nouveau rire qui sonnait faux :

— Je sais, je sais... Je l'ai chassé. Mais un fait subsiste : je n'aurai eu comme hoir (2) qu'un seul preux. Il est mat.

(1) Filles de salle, de basse-cour.
(2) Héritier.

Il parlait du disparu sans émoi. Un silence chut entre les époux. Quelque chose se verrouilla en Floris sur un désordre de sentiments dont Yolande n'eut cure :

— Espérez-vous, dit-elle, si vous épousez Mahaut, qu'elle vous donnera un fils ? Qu'il sera tout à la fois Bernardet pour la bachelerie (1) et Olivier pour la sagacité ? Êtes-vous capable, d'ailleurs, d'en engendrer un dans son ventre ?... Vous avez dû essayer, mais il se peut qu'elle soit bréhaigne (2). Vous aviez trente-six ans à Crécy. Le temps vous en a fourni dix de plus. Certes, vous ne paraissez pas votre âge, mais la vieillesse commence à serpenter en vous comme elle serpente en moi qui suis de deux ans votre mains-née (3).

— Mon père a vécu jusqu'à nonante-quatre ans.

Soit, Thibaut de Morgny, dit l'Ardennois, avait failli devenir centenaire. Rien ne prouvait que son fils y parviendrait. Quant à Mahaut...

— Si vous la décevez un jour dans vos joutes charnelles, comment pourrez-vous être sûr, au cas où elle vous annoncerait qu'elle est grosse, que cet enfant sera de votre sang ?... Ne vous êtes-vous jamais dit que vous pourriez être le père de cette pimpesouée ? Avez-vous songé que vous serez un vieillard quand votre fils putatif sera devenu un damoiseau en âge d'endosser un harnois de fer ?

Floris s'ébaudit encore de ce rire âcre et pointu auquel il recourait pour dissimuler ses déceptions et ses rancunes.

(1) Vaillance et chevalerie.
(2) Stérile.
(3) Puînée, cadette.

— Ce n'est point vous, m'amie, qui me donnerez un fils. Outre que vous en avez passé l'âge, vous vous êtes fermée à moi depuis si longtemps...

— A qui la faute ? interrompit Yolande que cette allusion irritait comme une atteinte à sa pudeur. Croyez-vous que j'aurais accepté de me... déclore alors que je devinais que vous sortiez du lit de cette...

Le mot cru demeura suspendu à une bouche amère. Yolande ajouta lentement avec une sorte de passivité qu'elle n'éprouvait point :

— Vos désirs fallacieux me semblaient des souillures.

Elle se maintint dès lors dans une gravité silencieuse. Son cœur battait à peine et ses yeux secs cherchaient où se poser ailleurs que sur Floris.

— Je conçois votre affliction, dit-il. Croyez-le ou non, je souffre aussi.

S'il cherchait un soupçon de commisération, c'était absurde. Il y avait belle heurette qu'elle ne s'attendrissait plus sur rien, pas même sur l'iniquité dont elle était victime. Elle ne se sentait pas encore la force de haïr son époux. Ni même Mahaut dont elle ne contestait pas la beauté perfide. Il advenait – de moins en moins – qu'elle se remémorât sans émoi tout ce qu'elle avait éprouvé de meilleur depuis sa rencontre avec Floris jusqu'au jour où sous l'auvent de l'échansonnerie, ici même, à Maillebois, elle l'avait entrevu dans les bras de la dévergondée. Morose au long des jours qui lui semblaient interminables, elle écoutait parfois en elle-même les paroles d'amour qu'ils avaient proférées, leurs rires et leurs chants, et même sans émoi les soupirs qu'ils avaient échangés lèvres contre lèvres dans leurs moments d'exquisité. Non, elle ne sacrifierait pas cette vie qui lentement ployait vers son crépuscule à une aventureuse ! Mariée à seize ans à un drapier de Roubaix, veuve à dix-huit, remariée à vingt ans avec le prud'homme dont elle portait le nom et veuve d'icelui depuis deux ans, on disait Mahaut ruinée. Tout l'avoir de ses deux époux s'était effiloché dans des liesses dont le seul dessein était de la faire paraître, telle une reine, soit aux joutes et tournois, soit aux festins où elle figurait à la maître-table, régnant aussi bien sur les hommes présents et leurs épouses que sur la maigre domesticité du manoir de Boigneville dont on prétendait qu'elle cherchait, pour le conserver, un excellent parti. Le croyant plus riche qu'il ne l'était, elle avait jeté l'épervier sur Floris. A moins qu'elle ne s'en fût entichée comme d'un attifet dont elle finirait par se lasser si le mariage était longtemps différé.

— Parlez... Mais parlez donc ! Il faut qu'on en finisse !

Yolande soupira. Parvenue au sommet de la sérénité malgré *l'absentement* de Bernardet, elle avait basculé dans la peine, la vergogne et la mélancolie. Cependant, jour après jour, depuis qu'elle se savait bafouée, son esprit s'était fortifié.

— Vous m'avez, Floris, infligé un déshonneur immérité.

— Immérité ?... Non !... Si je me suis laissé aller à cette passion qui vous courrouce, n'est-ce pas parce que vous ne m'en inspirez plus aucune ?... Tout est fini entre nous. C'est pourquoi je vous invite à rompre après vous en avoir conjuré... Cédez enfin ! Je vous ferai verser une pension qui vous dédommagera du mal que je vous ai fait. Vous resterez à Maillebois que vous aimez plus que moi-même... Nous trouverons sans nous irer l'un contre l'autre une solution qui vous satisfera... Vous garderez Olivier près de vous... Je pense qu'il y voudra demeurer tant il tient à cette librairie dans laquelle il passe toutes ses journées. Ce serait une souffrance de l'âme, pour lui, que d'abandonner son scriptional, son encrier et ses plumes, ses livres et cédules... et ces gloses malbergiques (1) sur des parchemins auxquels je ne comprends rien !... C'est aussi un reproche que je puis vous adresser de l'avoir confié, tout jeunet, à des clercs qui lui ont amolli le corps et l'esprit.

— C'est frère Mansart, votre ami, qui l'a rendu tel que vous lui reprochez d'être !

— Deux chevaliers céans eussent été les bienvenus... Un prêtre ! Avais-je besoin d'un prêtre pour enfant !

— Au moins, s'il le devient, il ne sera pas meshaigné à mort dans une bataille... Rien ne vous dit encore qu'il entrera dans un moutier.

— Il y entrera et prononcera ses vœux. Il n'en sortira plus... Si je n'ai pas d'autre fils, mon sang dont je suis fier se tarira. Il ne peut subsister que grâce à Mahaut.

— Je vous l'ai déjà dit : il se peut qu'elle soit bréhaigne.
— Non !

Derechef, Floris s'enfelonnait. A la recherche d'une perfidie nouvelle, il ajouta :

— Je n'emmènerai que mes hommes d'armes. Béraud

(1) Annotations en dialecte franc accompagnant certains manuscrits de la loi salique.

veillera sur vous. Lui au moins vous sera fidèle. Je l'ai toujours soupçonné de vous amourer.

— Oh !

— Évidemment, hideux comme il l'est devenu à Crécy, vous ne pouvez vous en éprendre… Mais qui sait si, dix ans plus tôt, avant cette horrible estourmie (1) du Val-aux-Clercs, vous n'avez point été tentée !

Béraud ! Le fidèle écuyer. L'homme qui, à Crécy, avait essayé de soustraire Bernardet à la mort. Il était revenu de la bataille le visage tranché par un coup de banderole : une plaie profonde qui, partant du haut de l'orbite senestre, cessait au bas dextre du maxillaire inférieur. De même que son œil, son nez avait quasiment disparu. Un monstre, en vérité, dont le demi-regard d'un bleu profond, presque mauve, ne tempérait point l'horribleté. Inversement à Floris qui avait exigé que Béraud prît ses repas seul et s'éloignât dès son approche, elle, Yolande, s'était adaptée à cette face meurtrie que le malheureux dissimulait derrière un faux-visage (2) de cuir qu'il s'était confectionné lui-même.

— Vous êtes abject !

— Ah ! vous vous regimbez. C'est donc que j'ai raison !

Elle ne se regimbait point. Jamais, contrairement à ce que Floris suggérait, elle n'avait été subjuguée par ce damoiseau de vingt ans beau et sensible comme un archange. Jamais il ne s'était comporté envers elle comme un homme épris, fût-ce spirituellement. Un jour, trois semaines après son retour de Crécy, une main devant son

---

(1) Mêlée.
(2) Le mot *masque* n'est apparu qu'au XVIe siècle.

visage pour en dissimuler partiellement la laideur, il lui avait révélé que, sitôt navré (1), il avait pleuré moins de douleur que d'imaginer l'horreur qu'elle éprouverait en le voyant disgracié à jamais. Puis, comme Floris, au passage, lui avait enjoint de fuir sitôt qu'il entendrait son pas, il avait ajouté que le « maître » avait, lui, déserté la bataille dès le moment où Bernardet y avait péri. « *Fui, dame, en même temps que Charles IV, le fils couard du roi de Bohême… C'est ce manquement à l'honneur qui a poussé le roi Jean de Bohême, aveugle, à accomplir une appertise* (2) *qui redimerait la lâcheté de son hoir !* » C'était à compter de ce jour qu'elle avait vu Floris différemment. Peu à peu, elle avait espacé leurs étreintes… Depuis plus d'une année, désormais, elle se refusait à lui. Sans doute, avant de s'enticher de Mahaut, avait-il trouvé des compensations ailleurs. Elle ne s'en était point souciée : ses incartades lui procuraient une liberté dont elle appréciait les dimensions et dont elle savait profiter à la fois par des méditations, des réceptions chez de véritables amis, des randons sur Facebelle, sa jument, et des travaux d'aiguille. Son corps la laissait en paix, et s'il la tourmentait de loin en loin, elle connaissait, pour apaiser ses faims-valles, des remèdes dont elle avait usé dans son adolescence. Jamais, même en des ténèbres profondes, elle ne se fût offerte à Béraud.

— Je resterai votre épouse quoi qu'il advienne. Vous pouvez vivre en concubinage avec la dame de vos désirs… Je ne puis m'y opposer. Mais de divorce, point… Vous me

---

(1) Blessé.
(2) Prouesse. Le roi de Bohême se fit conduire au cœur de la mêlée. Il y mourut.

parliez du Val-aux-Clercs ?… La dépouille de Bernardet gît dans quelque fosse commune. Vous n'avez rien tenté pour la récupérer et lui fournir une sépulture digne de cette bachelerie (1) dont vous faites, s'agissant de lui… ou de vous-même, si grand cas… Notre fils se consume en un lieu inconnu…

— Parmi des preux qui sont pour lui une excellente compagnie !

Comme elle cherchait une réponse grave, et même âcre, à cette repartie, Floris sourit et, doucereux mais opiniâtre :

— Je perds un temps précieux et mes amis m'attendent. Je ne reviendrai pas vous assiéger une fois encore… Divorçons !

Derechef, et toute melliflue qu'elle fût, l'injonction empestait la menace.

— Floris, pour être libre, il vous faudra m'occire… Sans témoins. Or, nous avons céans huit meschins et meschines (2), dix hommes d'armes, Béraud, Jacquemart le veneur, Gillebert le bouteiller, Andrieu le fèvre, et Olivier qui peut-être est en train d'ouïr nos propos, l'oreille collée à cet huis. Tous savent combien vous tenez à ce divorce et tous m'ont de l'estime et du respect. Si vous me meurtrissiez par quelque astuce infâme qui vous innocenterait en apparence, leurs langues se délieraient… Adoncques, défiez-vous de vos exigences et de vos menaces…Sachez que je me suis précautionnée contre vos agissements.

Yolande vit les doigts de son époux se porter sur son quénivet, ce couteau destiné à la tuerie des cerfs et des

(1) Vaillance.
(2) Domestiques.

bêtes noires (1), cependant que sa physionomie exprimait la même haine que celle qu'elle avait entrevue, parfois, sur le visage de Mahaut.

— Frappez-moi, dit-elle, en lui offrant sa joue. Vous m'en rendrez raison un jour ou l'autre.

Cette fois, l'ébahissement passé, Floris, les bras croisés pour dissimuler ses poings sous ses aisselles, émit un rire qu'il tentait d'écraser sous ses lèvres.

— Et comment donc, m'amie, vous revancheriez-vous ?... Vous n'êtes pas un homme quoique vous ayez lourdement forci depuis quelque temps... Hé ! Hé ! vous avez engraissé comme une truie en son étable... Désembelli... Dommage qu'il n'y ait pas céans de miroir suffisamment haut et large pour vous y considérer tout entière !... Vos seins jadis menus font penser à des courges. Vos nasches (2) se sont alourdies, amollies, et votre ventre...

— Taisez-vous... Vous vous vautrez dans l'ignominie... Jamais, oh ! non, jamais je n'aurais pu prévoir que vous deviendriez le malappris que vous êtes : votre Mahaut n'est autre qu'une sorcière pour avoir fait de vous ce guépin (3) !

— Mahaut flamboie ainsi que l'étoile des Mages !... Vous êtes auprès d'elle aussi terne, aussi enrugnie (4) que l'épée de votre père que je vois là, contre ce mur... Et par ma foi, bien qu'il ait été gros, vous ne pourriez entrer dans son armure.

(1) Sangliers.
(2) Fesses.
(3) Qui a la méchanceté de la guêpe.
(4) Rouillée.

La réplique était aisée. En l'énonçant, pourtant, Yolande la trouva fade :

— Père était à Crécy. Il y perdit un bras et, disait-il, bien qu'il s'y soit bellement battu, son honneur... Il ne vous a point vu quand la mêlée fut près de tourner à l'avantage des Lis de France... Où étiez-vous ?... Parti ?... Dans un trou de souris ?

Floris en chancela et recula d'un pas. La vérité l'avait à ce point blessé qu'il était à court de riposte. Yolande profita de son avantage :

— Issez ! dit-elle dans un souffle en lui montrant la porte. Quittez cette chambre... J'ai trop ouï de votre part de vilenies pour ce jour d'hui... Dites à votre sublimité que c'est non... Que ce sera toujours non !

Floris sortit et grommelant des injures. Il rabattit si férocement la porte sur son passage qu'elle fit branler le cantalabre et qu'un clou surgit de la serrure pour choir sur le carrelage entre les pieds de Yolande transie de fureur et de désespoir.

* *
*

Elle s'aposta dans l'encoignure de la fenêtre d'où, sans être vue, elle dominait toute la cour.

La meute s'impatientait. Jacquemart, aidé de Seguin, Girauldon, Caponnel et Taupart, les soudoyers, la maîtrisaient à grand-peine. Devant la porte charretière, les invités de Floris se réjouirent de son apparition. Mahaut, vêtue en homme et montant comme tel sa jument guilledine, trotta au-devant de sa proie.

— Alors, Floris ? dit-elle sans souci que sa voix portât haut.

— Alors, rien, mon cœur.

Elle descendit de sa monture et il la tint dans ses bras. Ils se savaient observés mais ni elle ni lui n'avaient cure d'un redoublement d'intérêt. On eût même dit qu'ils se délectaient de s'exposer aux regards, surtout à ceux de leur ennemie. Et c'était vrai que Mahaut était belle et sans doute ardente, mais quelle femme ne l'était à cet âge ? Des gestes agiles ou dolents agrémentaient ce corps évidemment digne des hommages les plus empressés.

« J'ai été ainsi… Je n'aurais pas dû me complaire en ces murs. »

Elle s'était toujours tenue à la disposition de ses enfants. Accourant à leurs appels, elle partageait leurs joies, leurs jeux, leurs douleurs. Pendant ce temps, alléguant qu'il participait à des joutes lointaines – auxquelles, peut-être, il n'allait pas –, Floris certainement se donnait du plaisir. Il ne la regardait plus comme naguère. La flamme de l'admiration éteinte, un tranquille mépris flottait au fond de ses prunelles. Au détour d'un mot, d'un geste, d'une lippe, elle comprenait qu'il était *ailleurs*. Ses nonchalances, ses fatigues, ses sommeils simulés n'étaient que des cautelles destinées à mettre entre elle et lui une distance qui jour après jour, nuit après nuit, était devenue un abîme. Alors qu'il découvrait de nouvelles épices, elle consumait sa vie dans des fadeurs qu'elle réprouvait désormais.

« Pour un peu, il la coucherait sur le pavé pour nous montrer à tous combien il l'aime ! »

Souvent, elle désignait Mahaut d'un mot dont elle n'osait faire usage. Elle se surprit à l'envier. Une chevelure fauve, un front assez court mais volontaire, des sourcils d'un blond de blé mûr aux beaux arcs soyeux et des cils qui tempéraient l'éclat des yeux d'un bleu de mer profonde. Des seins comme elle en avait eus : irréprochables, et des épaules juvéniles. Des mains soignées aux ongles un peu trop griffus. A cette noblesse, pourtant, s'intégrait quelque chose de plébéien qui, quoi que fît Mahaut, resterait ineffaçable. Elle n'était qu'une fausse déesse à la délicatesse apprêtée ; une fleur venimeuse au teint pâle...

« Et les piquants de l'églantier ! »

— Il la lâche et l'aide à se jucher en selle. Ils se parlent toujours !

Des aboiements couvrirent les commentaires de l'époux dépité. Floris sauta sur Brutus, son roncin préféré dont Gillebert tenait les rênes. Au pas, se sachant observé d'en bas et d'en haut, il rejoignit ses invités dont aucun n'osa lever les yeux vers la fenêtre où ils devinaient à l'aguet leur hôtesse.

Yolande ne put retenir un soupir de regret assaisonné de mécontentement. Il y avait là des amis de Floris et d'elle-même avant leur mariage. Mansion du Boullay, seul ; Aubery de Boutigny et son épouse, Hélionne ; Géronnet de Gambaiseuil et son épouse, Élise ; Colebret de Danville, seul ; Lambrequin de Piseux et Béatrix, sa concubine ; Yvain des Aspres et sa fille Étiennette, et deux veuves, jeunes encore, en quête d'un époux, à tout le moins d'une aventure : Armide d'Arilly et Isabeau de la Neuve-Lyre qui, elle, n'était point neuve. Depuis des mois qu'elle s'acagnardait en de sombres recueillements, ce fut sans émoi que Yolande les vit partir, heureuse, même, que les aboiements des veautres, des brachets, et les piétinements des sabots ferrés couvrissent leurs rires et le bruissement de leurs propos.

Bien qu'elle sût que dans l'état de fièvre où elle se trouvait elle n'y emploierait plus son temps, elle revint s'asseoir devant sa tapisserie. Elle évita d'en examiner les personnages, les arbres et les fleurs de crainte, soudain, de méjuger de son œuvre. Floris et ses menaces encombraient son esprit. Dire qu'elle avait, l'avant-veille et la veille au soir partagé les repas des gens qui, maintenant, forçaient le cerf derrière des veneurs d'occasion et la meute excitée par trois journées de jeûne !... Les femmes, sans doute, avaient déjà délaissé la partie pour patrociner sous un arbre au sujet de leur malheureuse « bonne amie ». Mahaut la Blonde ne devait pas être la dernière à la décrier.

Sa déception d'avoir été délaissée par toutes ressuscita l'ire de Yolande. Dans sa grande chambre austère, elle demeura immobile, le corps glacé mais le visage brûlé de fureur et comme scellé par une délibération sur la médisance des femmes, la condescendance de leurs compagnons et la malivolance de Floris à son égard. L'envie d'une vengeance et les moyens de l'administrer prirent tout à coup plus d'importance que lorsque son époux lui avait reproché de s'être enlaidie. Son souffle haletant gonfla son fasset de velours safrané, l'obligeant inopinément à abaisser son regard sur ses seins. Certes, les mamelettes de sa jeunesse avaient grossi. Sa poitrine s'était développée. Or, plutôt que de se ternir, sa féminité atteignait le faîte d'une maturité dont l'éclat s'imposait encore où qu'elle se rendît : à la messe, aux joutes et à certains dîners où son mari devait s'abstenir de toute vilenie à son égard sous peine n'être éconduit par ses hôtes.

« Je me vengerai ! »

Toute jeune, elle avait appris comme un article de foi qu'elle ne devait jamais désespérer d'elle-même et que la Providence l'aiderait en quoi que ce fût. Depuis que Floris lui avait annoncé son intention de divorcer d'avec elle, sur tous les tons, elle se sentait différente de ce qu'elle était naguère : plus hardie et moins niaise. Elle n'avait point à s'éplorer sur son sort. Son cœur devait encore se durcir et son esprit se cantonner à ce *Non* qui enfelonnait tant l'infidèle.

Elle eut besoin de se mouvoir afin d'annihiler les tremblements dont elle était parcourue. En s'approchant de la fenêtre, elle souhaita que la cour fût vide. Elle l'était. L'idée de vivre seule entourée de manants dont la prévenance à son égard ne faisait aucun doute, lui convenait d'autant mieux que c'était en ces murs qu'elle était née. Elle y avait grandi. Chaque lieu du château qu'elle hantait peu ou prou lorsqu'elle ne l'évoquait pas lui fournissait des souvenances à la faveur desquelles, de loin en loin, elle affermissait son courage et sa volonté de résister aux assauts d'une inguérissable détresse.

Tel un baiser, un souffle tiède effleura sa joue.

« Ils doivent en ce moment patauger dans la boue. »

Ce qui l'avait poussée jusqu'à cette baie à peine plus large qu'une archère, c'était l'envie de sentir sur son visage les bienfaits du soleil dans un ciel dont l'azur et la sérénité lui seraient un réconfort. Les paupières mi-closes, elle essaya d'entendre les rumeurs de la chasse. En vain : l'épaisseur des feuillages étouffait le fray (1) des chevaux, les clatissements de la meute et jusqu'aux sonneries des cors.

« Quelle joie s'il tue ce cerf !... Il se vengera de sa déception en faisant souffrir cette bête. »

Lorsque la quête de nourriture ne s'imposait pas, elle abhorrait que, par plaisir, Floris ne trouvât rien de mieux que courre le cerf ou la bête noire.

« Il se dira, en la frappant, qu'il aimerait que ce fût moi. »

Elle en convenait désormais : elle avait déraisonnablement admiré cet homme. Sans doute aurait-elle dû comprendre, ces dernières années, que l'éclat parfois assombri de son regard, au lieu de révéler cette ardeur contenue qu'elle lui avait connue, trahissait une sorte de satiété contre les effets de laquelle il luttait tout en lui reprochant, sans qu'elle perçût la menace, d'être toujours dispose, aussi sûre d'un bonheur dont la perpétuité lui semblait acquise. Elle avait manqué de clairvoyance.

Voilà où ses songeries la menaient !

Elle revint s'asseoir devant son ouvrage. En s'y consacrant chaque jour, elle recouvrait son innocence de

(1) Le bruit.

jouvencelle appliquée à donner à sa tapisserie tout l'éclat des merveilles dont elle était éprise : les arbres verdoyants, le soleil, la rivière miroitante, les joyaux étincelants d'une gentilfame et la superbe d'un chevalier occupé à se déclarer. A l'âge dont Floris lui faisait reproche, elle s'appliquait encore, tantôt lancée dans des espérances folles – Mahaut, lasse d'attendre, se laissait courtiser par un autre –, tantôt réfugiée dans les plis rêches ou soyeux des réminiscences et les procès qu'elle s'intentait. Il advenait qu'elle eût envie de se déshabiller et de dormir nue afin d'oublier tout. Ce dimanche, si l'intention la prenait d'ôter ses vêtements, c'était dans le seul but de promener son miroir devant son corps pour savoir si vraiment il s'était enlaidi. Elle résista fermement à ce dessein comme à d'autres : elle n'était plus une pucelle titillée par les choses de l'amour. Jamais elle ne recouvrerait des jouissances aussi légères, aussi pures que celles de jadis.

« Ah ! faire peau neuve... »

Tournée vers le lit encourtiné de brussequin (1) vermeil sur lequel le materaz (2) étendait sa blancheur, elle se vit couchée, le matin de ses noces. L'air était chaud, doux, affable comme ce dimanche et les oiseaux chantaient dans les feuillées toutes neuves. Elle se disait que c'était un beau jour et cependant, elle avait peur. C'était en frissonnant de crainte et de fierté qu'elle s'était rendue à l'autel. Les cyprès alignés à l'entour de l'église, noirs et blessés par un hiver rigoureux, semblaient une procession de moines

(1) Drap de bonne qualité.
(2) Ou *matheras*, *mathas* : traversin rempli de coton ou de duvet.

misérables soudain immobilisés pour assister au passage des mariés. Floris, radieux, se courbait aussi volontiers vers elle que vers les gentilfames et ses compagnons d'armes. Il semblait alors au pinacle d'une gloire certainement usurpée ainsi que dans la possession complète de sa beauté. Il avait, pendant les trois mois de l'été, triomphé dans la plupart des joutes, mais ignorant la damerie des échafauds et du commun, il n'avait d'yeux que pour elle.

« Je me merveillais de cette renommée. Il ne montait pas Brutus, alors, mais Broieguerre. Quelle joie, lorsqu'il venait me saluer quand il avait buqué le dernier jouteur ! »

Avec quelle impatience, excitée comme elle l'était, attendait-elle leur venue dans cette chambre ! Volupté des voluptés ! Maintenant, bien qu'elle y passât presque tout son temps, elle haïssait certains jours ce refuge chargé de remembrances trop éloquentes.

Peut-être, après qu'elle eut appris son infortune, avait-elle eu tort de se refuser à Floris. Elle avait souhaité qu'il fût atteint d'une éviration (1) qui l'eût infailliblement humilié dans les bras de Mahaut, mais c'était trop demander au Ciel.

C'était à cette époque qu'elle s'était mise à accomplir de grands galops sur Facebelle. Lorsqu'elle en était lasse, elle allait s'asseoir au lieu-dit la Croix-Blanche, près de laquelle poussait un chêne excru (2), comme volontairement éloigné de cette forêt où Floris pourchassait son cerf.

« Je monte à cheval comme une preuse dame ! »

(1) Impuissance.
(2) Arbre qui pousse en dehors d'une forêt.

Floris, évidemment, ne lui en faisait plus compliment. Mais qu'importait !

*   *
*

Elle entendit des sabotements et s'ébahit :
« Ils reviennent déjà ? »
L'envie de se lever ne la prit point.
« Malade ! Il m'a rendue malade ! »
Il y avait comme un défi, une provocation malicieuse dans ce bruit pourtant familier. Avaient-ils tué le cerf ? Non, sans doute : aucun rire ne montait jusqu'à elle. De toute façon, les songeries n'étaient plus permises. Attendre. Elle n'osait même pas bouger. Les heuses des chasseurs maculées de boue allaient souiller le pavement du tinel (1). Les femmes demanderaient à gagner leur chambre afin d'y changer de robe, mais avant, toutes, l'une après l'autre, iraient aux bostrués (2). Elle serait seule parmi ces hommes réjouis de leur matinée de galop, même si leur quête avait été vaine.
« Je devrais ouïr les aboiements des chiens ! »
Ce n'étaient pas ses hôtes. Alors qui ?
On frappa doucement à l'huis. Trois coups d'une lenteur quasiment solennelle : Béraud.
Il apparut, la face aux deux tiers occultée par le faux-visage derrière lequel se dissimulait sa laideur. Comme il hésitait sur le seuil, elle l'invita, d'un geste, à la rejoindre.
— Eh bien, ami ?

(1) Salle où se donnaient les festins et les réceptions.
(2) *Bois-troués* : les planches percées des latrines.

Elle le connaissait si parfaitement que le seul éclat de son œil lui révélait ses sentiments. Il était étonné et inquiet.

— Vous semblez tout ébaubi… Ce sont eux ?… Où sont passés les chiens ? Ont-ils meurtri ce cerf que convoitait mon époux ?

De la tête, l'écuyer répondit négativement.

— Dame, dit-il de sa voix souffreteuse, le pont étant baissé et la herse levée, trois prud'hommes se sont permis d'entrer.

— Qui sont-ils ? Faut-il les craindre ?

L'œil unique pétilla puis s'assombrit :

— Ils viennent de Paris, dame. Ce sont des messages (1) du roi.

— Le roi !… Savez-vous le pourquoi de leur venue.

L'écuyer eut un geste des bras. Loin d'être évasif, il exprimait la fatalité :

— Sire Jean rassemble l'ost.

Signe de guerre. Un an plus tôt, elle se fût inquiétée, voire angoissée à cette annonce. Présentement, elle en éprouvait une satisfaction qui, sans doute, ne différait point de celle de Béraud.

— Faites entrer ces hommes au tinel... Je vais les conjouir (2). Donnez-leur à boire. Informez-vous s'ils ont mangé...

Béraud s'en alla. Fermant l'huis derrière lui, Yolande se surprit à chantonner. Les nouveaux dangers que Floris allait affronter la laissaient de glace. L'ébahissement de Mahaut, puis son anxiété ne pouvaient que la réjouir.

(1) Messagers.
(2) Accueillir.

Elle changea de robe, examina son visage et sa coiffure dans son miroir trop petit, selon Floris, pour lui révéler tout entier son corps. D'un pas des plus ferme, l'allure sereine, elle descendit dans la grand-salle où, sur le seuil, elle se donna l'aspect d'une femme forte et aimante frappée par un coup du sort.

Les messagers s'abreuvaient dans les hanaps d'argent que Béraud avait tirés de la crédence au-dessus de laquelle, comme un défi, le taureau si cher à Floris montrait, sur un écu fraîchement peint, ses cornes menaçantes.

« En fait », songea-t-elle, « c'est moi qui les porte. »

Il partirait. Au lieu de l'abandon noxal (1) tant redouté, ce serait un absentement honorable et légitime. Pauvre Mahaut !

Yolande imagina sa rivale éplorée, enlaçant fermement Floris en quelque lieu secret – pierre ou feuille – pour le conserver près d'elle aussi longuement que possible. Le roi serait plus fort que cette dame de cœur qui, si son varlet tardait trop à lui revenir, tournerait son intérêt vers un autre. Elle n'était point de la lignée des Pénélopes.

* *
*

Bien qu'elle les eût imaginés dans leurs plus infimes détails, Yolande se merveilla de la stupeur et de la déception de son époux lorsqu'il revint de la chasse apparemment bredouille, les vêtements aussi sales que ceux d'un portefaix. Il désapprouva qu'elle fût assise dans

(1) Se dit d'un abandon qui a causé un dommage.

son faudesteuil et se courrouça de la voir converser aimablement avec trois hommes aux mines rébarbatives dont les bassinets voisins des hanaps certifiaient leur vocation de bataillards. D'un geste sec dont il n'avait point coutume envers elle, il enjoignit à Mahaut, qui le suivait de près, de revenir dans la cour.

— M'amie, dit-il, avant qu'elle ne fût sortie, demandez aux autres d'attendre que je les prie d'entrer. A la mise de nos visiteurs, je reconnais des noncierres (1) du roi. Il se peut d'ailleurs qu'ils aient à s'entretenir avec tous nos compagnons.

L'usurpatrice disparut à reculons. Alors, l'œil soucieux, la démarche faussement aisée, Floris s'approcha des chevaucheurs.

— Messires, dit-il avec cette hautaineté que Mahaut semblait lui avoir enseignée, quelle sorte de vent vous a menés jusqu'à mon châtelet ?

L'homme qui commandait aux deux autres se leva et, s'inclinant sans excès de déférence, commença par les usages :

— Je suis Hugonin de Bondoufle, messire. Voici Mansart de Taverny et Raulin d'Ermont... Service du roi, et c'est un vent d'acier qui nous a poussés jusqu'à vous.

Floris pencha le buste juste ce qu'il fallait. Il était inquiet. Pour que des chevaucheurs de cette espèce fussent venus à Maillebois, il fallait que la guerre contre les Goddons fût proche, à moins qu'elle n'eût déjà repris.

— Le roi convoque l'ost, messire. Il a fait son espécial mandement à tous les nobles du royaume pour aller contre

(1) Messagers.

le prince de Galles qui a gagné et exilé le pays de Gascoigne et semble vouloir poursuivre sa chevauchée vers Paris.

— Est-ce tout ?

Plutôt que de la crainte, c'était une consternation sans frein qui figeait et blêmissait tout à coup une face ronde et rude où çà et là brunissaient des criblures de terre.

— La guerre, messire. Et doublement si j'ose dire. Au cas où vous l'ignoreriez, Lancastre, le premier jour du mois dernier (1) a fait partir de Hamptone (2) une partie de son armée. Elle a débarqué à la Hogue Saint-Waast. Lui-même et le reste de son ost y sont arrivés le 18. Le prince de Galles, lui, est parti de Bordeaux dès le début de ce mois de juillet. Nos espies nous ont appris qu'il commande à trois mille armures de fer, quatre mille archers à pied, trois mille brigands (3). Ils ont commencé leur chevauchée la veille de la translation de saint Thomas de Canterbire (4). On leur prête l'intention d'aller vers Orléans et Blois en passant à travers le Poitou, le Limousin et le Berry.

— Veulent-ils essayer de conquester Paris ?

Hugonin de Bondoufle, grand, brun, moustachu, l'air suffisant, souleva ses pesantes épaules et, la moue dubitative :

— Je ne sais. Ils voudront passer la rivière Loire. C'est pourquoi le roi Jean a décidé d'aller lui-même à l'encontre des Anglais. Il exige que tous les nobles et non nobles le suivent. Il vous veut à Paris sans retard. Et s'il en est parti, eh bien, retrouvez-le sur le chemin d'Orléans !

(1) Le 1er juin 1356.
(2) Southampton.
(3) Hommes vêtus d'une brigantine, sorte de jaquette couverte de plaques de fer.
(4) Le 6 juillet.

Mansart de Taverny fit un pas et, désignant le seuil du tinel :

— Il y a dans cette cour des seigneurs dont les noms doivent figurer dans les mandements dont nous sommes porteurs.

Il avait l'allure ascétique : glabre, blanc de poil, le nez pointu et la lèvre boudeuse ; les rires qu'il entendait l'agaçaient.

— Nous tenons, messire, crut bon d'ajouter Raulin d'Ermont, à peine âgé de vingt ans, glabre lui aussi et l'aspect conquérant, nous tenons à ce que vous partiez sans trop attendre avec vos soudoyers (1). Nous avons d'ailleurs sommé votre malheureux écuyer de rassembler ces hommes et de les apprêter au mieux.

Floris n'en revenait pas. Dieu était injuste ! Non seulement il allait devoir quitter Mahaut, mais cette guerre pouvait être terrible si le prince de Galles et Lancastre manœuvraient pour se réunir et marcher sur Paris !

— Cela peut-il attendre demain pour me permettre...

— De faire vos adieux à votre épouse ? demanda Mansart de Taverny, un sourire ambigu aux lèvres.

Il se tourna. Yolande eut son regard assez cru dans le sien.

— Messire, entre le roi et votre épouse, vous n'avez pas le choix.

Il entraîna ses compères dans son hilarité. Tous trois connaissaient les mœurs du roi de France. Floris se courrouca d'une allusion qui l'assimilait à une sorte de femmelette.

(1) Hommes d'armes touchant une solde.

— Holà ! Holà ! messires... Si j'avais mon épée, elle me démangerait !

— Gardez-la dans son feurre (1) en attendant les batailles.

Mansart de Taverny tapota l'épaule du récalcitrant qui ne s'en mécontenta point :

— Messire, le danger est tellement pressant que le roi exige une obéissance aussi prompte que possible à sa demande.

— Mes adieux...

Une sorte de désespoir mouillait la voix de l'infidèle. Yolande fut près de le plaindre.

— Tenez, dit Hugonin de Bondoufle... Tendez l'oreille. Oyez le cliquetis des armes dans la cour... Vos hommes s'apprêtent. Faites-en autant.

Mais Floris s'obstina et parut s'angoisser. Yolande le vit tourner vers elle un visage dont la tristesse était aussi fausse que l'espèce de pitié qu'il lui témoignait soudain.

— M'amie, qu'allez-vous faire ?

C'était une question froide, dépourvue d'intérêt, qu'il se devait de poser devant des inconnus pour leur faire accroire qu'il y avait entre eux, à défaut d'amour, une entente sans faille.

— Il me reste Béraud, les meschins et meschines.

— Au moins, dit-il à voix basse, penché, suis-je assuré de votre fidélité.

C'était bien de lui cette infamie !

— Je reviendrai, dit-il, et poursuivrai mon dessein.

« Si elle vous attend », songea Yolande.

(1) Fourreau.

— Dieu veillera sur moi. Où qu'elles aient lieu – et pourquoi pas céans ? – je célébrerai mon retour à la paix par une victoire aux joutes. Et je ferai en sorte que Mahaut en soit reine.

Il ne désarmait point.

« C'est donc moi », décida Yolande, « qui prendrai les armes et te vaincrai à ton retour... si tu reviens ! »

II

Lorsqu'elle fut certaine que Floris chevauchait à trois ou quatre lieues de Maillebois – sans pouvoir accomplir un détour par Boigneville –, Yolande, cessant de tirer l'aiguille, se pencha à la fenêtre de sa chambre.

On était à la relevée (1). Béraud surveillait Gillebert et Andrieu, les meschins qu'il avait désignés pour affourager les chevaux, en remplacement de Girauldon et Caponnel contraints d'échanger leur fourches, l'un contre un arc et l'autre une arbalète.

Comme l'écuyer levait la tête, elle lui demanda, d'un geste, de la rejoindre. Il apparut peu après, les cheveux ébouriffés, l'œil serein et le menton haut sous sa seconde peau dont le cuir trahissait des moiteurs invisibles.

— A-t-il pris tous les chevaux ?
— Non, dame. Seulement Brutus, Ponceau et Piffard.
— Bien… Que pensez-vous de ce qui m'advient ?

La tête de l'écuyer pencha d'un côté puis de l'autre. Sa voix parut à Yolande plus nette – ou plus ferme.

(1) L'heure qui suit midi.

— La providence, dame, est à votre service. Votre époux est parti pour quarante jours, sans compter ceux qu'il va employer pour rejoindre l'ost et revenir céans.

Elle alla s'asseoir au bord du lit de façon à inviter Béraud à prendre place dans son faudesteuil, ce qu'il fit sans façons.

— Il ne reniera jamais cette Mahaut.
— Je sais, dame.
— Il m'a en quelque sorte menacée de la faire reine des joutes qu'il offrira dès son retour à nos voisins... à moins que l'un d'entre eux ne *les* convie aux siennes.

Béraud acquiesça. Il s'efforçait de parler peu, sachant sa voix d'édenté désagréable. Naguère, c'était autour de lui que gravitaient les soudoyers, les meschins et surtout les meschines. Désormais, ils s'en éloignaient avec des précautions qui devaient le courroucer quand elles ne l'humiliaient.

Une sorte d'intimité s'était instaurée entre elle, Yolande, et lui lorsqu'il avait encore son visage d'archange. Elle ne générait point une appétition qui les eût perdus s'ils avaient succombé à cet attrait par lequel une vie profonde, ardente sans doute, eût commencé. Elle aimait trop Floris alors pour se jeter dans des bras autres que les siens. Point d'effusions. Chacun demeurait maître de ses sentiments. Chacun verrouillait son coeur.

« L'ai-je aimé ?... Il m'a troublée parfois au tréfonds de mes songes. »

Peu importait. Désormais, sans qu'aucune convention eût régi leurs rapports et sans que *l'infirmité* de Béraud en fût cause, ils se montraient suffisamment distants, mais quelque chose de libre, de spontané se dégageait encore de leurs entretiens comme de leurs silencieux tête à tête. Les regards suppléant souvent les mots, ils ne se privaient pas d'en échanger. Oui, leur estime d'avant Crécy s'était développée. D'ailleurs, songea Yolande, ce visage hideux n'attestait-il pas d'une vaillantise extraordinaire ? N'enseignait-il pas à tous, à Maillebois, que le devoir, parfois, plutôt que d'être récompensé, pouvait subir un châtiment aussi terrible qu'immérité ? Tous savaient que c'était en voulant secourir Bernardet que Béraud avait à jamais perdu sa beauté. Maintenant que Floris chevauchait au loin et pour longtemps, elle se sentait encline à révéler à cet être cher combien elle l'admirait, combien elle nourrissait, en un cœur dolent, une sorte d'adulation qu'elle n'avait jamais osé s'avouer à elle-même. Le courage lui manquait. Contrairement à Floris, le malheureux écuyer n'évoquait jamais Crécy – et pour cause. Elle se taisait sur ce sujet pour ne point réveiller dans un esprit également blessé la mélancolie d'un deuil qui les touchait tous deux presque pareillement.

— Suis-je bonne à cheval, Béraud ? demanda-t-elle.

La réponse vint, prompte et sincère :

— Vous savez, dame, vous tenir digne et solennelle sur une sambue (1), mais vous montez aussi comme un homme.

Un nouveau silence naquit. Les désunit. Yolande se dit qu'elle devait parler, livrer sa pensée quelque folle qu'elle pût paraître. Une seule voie s'offrait à elle pour assumer sa vengeance. Il n'était que temps d'oser un aveu sans se soucier des conséquences. Tout valait mieux, après les insultes subies depuis quelques semaines, qu'une sorte de résignation.

(1) Selle réservée aux femmes.

— Pourrais-je une fois courir une lance ?

Béraud était-il ébahi ? Comment le savoir ? Son œil brillait. Était-ce favorablement ?

— Dame ! Dame !

Sans doute souriait-il au-dedans de lui.

— Eh bien, répondez-moi !

Le mouvement de tête fut approbatif. Béraud parut cependant hésiter à répondre.

— J'attends, dit Yolande en arrangeant les plis de sa robe et en faisant involontairement paraître une de ses chevilles irisée par une flèche du soleil.

Aussitôt, elle se leva et marcha pour dominer sa gêne.

— Pour tenir et afuseller (1) une lance, il faudrait, dame, vous exercer moult fois chaque jour… Je crois qu'avec de la volonté, vous y parviendriez. Ne dit-on pas que Jeanne de Montfort, Jeanne de Clisson et même la reine Philippe (2) d'Angleterre ont porté l'armure de fer... Et qui revêt une armure peut, en persévérant, se conduire en chevalier (3).

---

(1) Tenir sa lance de façon à frapper de la pointe.

(2) C'était aussi un prénom féminin.

(3) Le type même de la « jouteuse » fut Jeanne, la Pucelle de France. Elle fit ses preuves à Nancy. Marguerite de la Touroulde, sa contemporaine, put écrire : « *elle montait à cheval et maniait la lance comme le meilleur chevalier.* » Sa façon de courir des lances impressionna le duc d'Alençon et le roi René d'Anjou, ce grand connaisseur.

Il est vrai qu'il faut rejeter les portraits trop sophistiqués de Jeanne. Elle n'avait rien d'une créature éthérée. Elle était costaude et violente. Il convient de l'imaginer comme une des championnes du lancer du poids ou du disque, et non comme une sorte de sylphide adoubée en chevalier.

La littérature épique cite quelques « chevaleresses ». L'un de ces récits raconte l'histoire d'un chevalier qui fut, dans le champ clos, remplacé par la Vierge : *Du chevalier qui ouit la messe et Nostre Dame estoit pour lui au tournoiement.* (Barbazan et Méon : *Fabliaux et contes*, Paris, 1808).

Désormais, *l'idée* leur était commune. Elle prenait de la consistance et semblait même exalter Béraud.

— Apprenez-moi, dit Yolande. Je vous le demande en grâce.

Les mains de l'écuyer se levèrent avant qu'il eût exprimé l'objection que Yolande attendait :

— Si Olivier nous voit ou s'il apprend...

Elle s'immobilisa devant la fenêtre, contre son encoignure préférée, le regard noyé vers la colline hantée par un cerf imprenable. Puis ses pupilles furetèrent du côté de l'écurie : elle allait devoir négliger Facebelle pour un roncin qui peut-être la détesterait.

— Olivier doit faire une retraite au moutier de Vernon... Il doit partir la semaine prochaine et pour six mois... Il se peut même qu'il soit tenté de prononcer ses vœux au terme de cette réclusion.

— Vous l'allez donc perdre aussi... d'une autre façon que Bernardet.

Serait-ce une perte très douloureuse ? Non, se dit Yolande. Depuis sa douzième année, sous l'influence des clercs qui s'étaient succédé à Maillebois, Olivier vivait déjà comme un reclus.

— Il m'a toujours considérée comme une créature. Vous le savez, Béraud, tout aussi bien que moi...Nous ne nous voyons qu'à table. Il est à un bout, moi à l'autre et même avec son père, au milieu, il n'échangent jamais que quatre mots... Il est grand et fort, mais ses gestes sont mous, étroits...

— Je l'ai vu monter à cheval... Bien...

— C'est vrai, mais il monte avec répugnance.

— Le contraire d'un homme d'armes, dit Béraud. Et pourtant, je l'ai vu un jour, à l'aube, tenir une épée et béhourder, pour rire, contre Caponnel. Il pouvait devenir un parfait chevalier... Il le pourrait encore.

D'un geste, Yolande éloigna cette éventualité.

— Il vit dans le silence et dans l'obscurité. Sa chambre est comme une tanière... Il a interdit à Marie, notre vieille meschine, d'y entrer. Il fait son lit tout seul...

— ... et va chercher au puits, été comme hiver, l'eau de ses ablutions.

Yolande trouva qu'ils perdaient leur temps. Olivier s'était exclu de sa vie. Il était temps, ce jour d'hui, qu'elle l'exilât d'une conversation qui lui tenait à cœur.

— Mon époux est-il vraiment un jouteur émérite ?

Béraud, avant de s'exprimer, hocha la tête.

— Je connais bien messire Floris puisque je l'ai souvent assisté sur le champ clos. Il est vrai qu'il est un jouteur de qualité. J'ajoute, cependant, qu'il n'a jamais couru des lances contre de vrais champions. Ogier d'Argouges a disparu. Je suis sûr que s'il l'avait affronté, le Normand dont le roi Philippe a fait son champion au soir de Crécy l'aurait désarçonné. D'autres aussi l'eussent pu renverser : Maingot Maubert, Thierry Champartel, Amanion de Pomiers, Boucicaut...

— Soit... A-t-il un défaut dans ce domaine aussi ?

— Oui, dame. Il tient son écu trop droit, de sorte qu'il prend la lance adverse de plein fouet... Il est grand...

— Ce qui signifie ?

— Un petit chevalier, dame, sur un destrier à longue encolure, est difficile à bien atteindre si le cheval garde la tête haute, occultant ainsi une bonne partie du jouteur... La présomption de votre époux le contraint à se montrer plus que nécessaire.

— Que faut-il faire ?

— L'intérêt contre lui est de berser (1) le taureau de son heaume. Vous pourriez ainsi le jeter à terre durement meshaigné (2).

Ainsi, Béraud l'imaginait sur un champ clos !

Sans doute éprouvait-il du ressentiment et du mépris envers Floris. Sans doute détestait-il en lui l'homme qui, à Crécy, s'était précipitamment éloigné de la mêlée. Il n'était certes pas le seul à s'être enfui puisque le roi lui-même avait donné l'exemple. Au moins plutôt que son honneur, Philippe VI devait-il sauver sa couronne.

— Crécy vous a fait du mal... et à moi aussi.

Elle n'avait, jusque-là, connu que quelques fragments de cette bataille ; des bribes de parlures lorsque Mansion du Boullay, Colebret de Danville et quelques autres venaient festiner à Maillebois ou lorsque Floris et elle leur rendaient visite. Elle avait obtenu de l'amitié de Béraud des informations plus précises sur le trépas de Bernardet auquel, plus que son père, l'écuyer avait patiemment enseigné le maniement des armes. Béraud, d'humble naissance, avait vocation pour être chevalier : l'alliance unique, indissoluble, d'une âme nette et d'un corps vigoureux. Il se

(1) Viser.
(2) Maltraité.

pouvait que sa laideur eût consolidé cet alliage. Floris, c'était la force délibérément séparée de l'esprit ; le seigneur dépouillé des séductions communes au chevalier ; un cœur purgé de toute bonté. Elle avait mis du temps à s'en apercevoir.

— Apprenez-moi, Béraud !... Je l'exigerais presque.

— Dame, dit-il en s'inclinant, demain, quand l'aube crèvera, je sellerai Flandrin et partirai vous attendre à la Croix-Blanche.

— Où me mènerez-vous ?

— Derrière cette broce (1) où le cerf a son retrait. Je connais là un champ où nul ne s'aventure, parce qu'on le prétend à tort ensorcelé. J'y emporterai cette nuit un écu, un heaume, un plastron de fer et évidemment une lance. J'ajoute qu'il est nécessaire de vous vêtir en homme sous votre robe. Nous échangerons, une fois rendus, Flandrin et Facebelle.

Yolande à son tour s'inclina bien que l'envie lui fût venue de saisir la dextre de cet homme et de la lui baiser lors d'une génuflexion.

— Croyez-vous en ma réussite ?... Je voudrais tellement humilier Floris !

— Je crois que vous pourrez y parvenir.

— Alors, je ferai tout selon vos désirs.

Elle entendit un rire étouffé sous cette peau de cuir qui ne laissait que peu d'espace à une bouche autrefois des plus belle. Elle devina les pensées de Béraud. Les siennes les eussent peut-être jouxtées s'il avait conservé son visage d'antan.

(1) Colline.

— Que penseront les gens ? dit-elle sans pourtant s'inquiéter.

— Vous voyant galoper plus qu'à l'accoutumée, ils imputeront vos randons quotidiens au chagrin qui est vôtre... Et puis, il me faut vous le confier : les femmes vous aiment davantage depuis qu'elles savent... pour la Mahaut.

Yolande ignorait tout de cette affection jusqu'à ce singulier dialogue. Le cœur soudain plus léger, elle se promit d'être plus avenante encore, envers ses servantes, qu'elle ne l'avait été précédemment.

III

La nouvelle de la défaite de Nouaillé-Maupertuis atteignit Maillebois le dimanche 25 septembre 1356. L'ost du roi de France avait été vaincu comme le précédent, dix ans auparavant. Si le fils de Philippe VI n'avait pas imité son père, le fuyard de Crécy, cette déconfiture l'humiliait tout autant : ayant refusé la retraite alors qu'il en avait la possibilité, Jean dit « le Bon », après s'être âprement défendu, avait dû remettre sa hache d'armes aux Goddons. Ceux-ci, sans ménagement, l'avaient présenté au prince de Galles, ce goguelu que peu avant la bataille il avait juré d'occire sitôt qu'il l'aurait lui-même capturé. Maints prud'hommes aux Lis avaient été meurtris (1), d'autres – une multitude – allaient être emprisonnés. Les plus renommés seraient

(1) La bataille dite « de Poitiers » eut lieu le lundi 19 septembre 1356, au lendemain de la fête de saint Lambert. Ce fut une hécatombe. La liste des comtes, vicomtes, ducs, bannerets, bacheliers, écuyers morts ce jour-là, est impressionnante. Par pleines charretées, on apporta la plupart des corps chez les frères mineurs. Ils furent « ensépulturés » dans trois vastes fosses communes. Le 10 octobre suivant, Edouard III manda aux évêques d'Angleterre de faire dire des prières d'action de grâces pour cette victoire.

incarcérés en Angleterre. Déjà, les vainqueurs avaient fixé le montant de leurs rançons.

« Est-il mort ? » se demanda Yolande après que Mathilde, une fille des cuisines, l'eut prévenue de ce qu'elle avait appris à Blévy où elle était allée visiter sa mère.

L'annonce de la sanglante débandade avait atteint Dreux puis s'était répandue à l'entour de cette cité sans guère émouvoir les manants et les loudiers (1) que la jactance de leurs seigneurs, malgré la funeste leçon de Crécy, n'avait cessé d'indisposer.

« Il me faut attendre... Attendre... Je ne souhaite pas qu'il ait été occis. J'ai trop envie de prendre ma revanche ! »

Comme chaque jour et pour ne pas susciter la curiosité de leurs proches, elle s'était séparée de Béraud sitôt franchie la haie de leur agreste champ clos. Il était informé du désastre lorsqu'elle le retrouva, vers midi, avant d'aller dîner, seule, en sa chambre.

— Nous saurons bientôt, dame, si votre époux est mat ou s'il vit. Il paraît que le roi Edouard III et son fils sont en difficulté d'or et d'argent. Ils enverront des messages aux familles des nobles qu'ils tiennent en otagerie.

Le temps était chaud, orageux. Bien qu'elle ne distinguât rien de la physionomie à l'abri de la membrane de cuir sous laquelle il suait – des gouttes poissaient son cou –, Yolande sentit l'écuyer d'humeur sombre. Était-ce à cause de la débandade des guerriers aux Lis ou parce qu'il craignait de revoir Floris ?

(1) Les habitants des cités et les paysans, dits aussi *ahaniers*, d'où le substantif *ahan* pour signifier l'effort.

— La bonne chance a toujours suppléé les défauts évidents de cet époux de clinquant... Il m'a fallu moult années pour me faire une idée véritable de ce qu'il est.

— Il m'a suffi, dame, d'une bataille.

— Je sais. Croyez-vous qu'il ait pu fuir une seconde fois ?

Béraud, d'un geste las, éluda la question. Yolande lui en sut bon gré. Elle assimilait à petites doses la nouvelle d'un échec sanglant. Vivant ? Mort ? Grièvement navré ? Elle s'efforçait de paraître sereine et, surtout, de dissimuler son état d'esprit à cet homme dont l'œil immobile l'observait avec une attention presque forcenée. Car lui aussi *pensait*. Pensait même ce qu'elle pensait !

— Deux mois qu'il est parti.

— Certes, dame. Vous les avez bellement mis à profit.

Était-ce par complaisance ou conviction que Béraud s'exprimait ainsi ? Sur le gazon de leur clandestine clairière, elle avait appris non seulement à tenir convenablement et fermement une lance, un écu et les rênes de Flandrin, mais aussi, depuis deux semaines, à courir contre son initiateur qui avait apporté nuitamment trois lances et un écu sur les lieux de leurs rencontres. Toujours prudents, ils ne quittaient jamais Maillebois ensemble afin d'éviter des médisances dont, à son retour – s'il revenait – et quoi qu'il eût fait, Floris n'eût point manqué de dauber, voire de s'indigner avec une outrance d'autant plus violente que sa conscience manquait – ô combien ! – de netteté. Par précaution, ils dissimulaient ces armes dans le creux d'une orière (1) sans souci qu'on les y découvrît.

(1) Bord d'un champ qu'une haie entoure.

— Toute la mesnie (1) de votre demeure imagine que vos chevauchées contribuent à alléger vos chagrins.

— Je sais… Je crains cependant qu'un meschin ou une meschine n'ait essayé d'en savoir davantage sur ces échappées matinales afin d'en informer Floris contre rétribution. Il pourrait tout imaginer…

— Si c'était cela, dame, je trouverais le détracteur. Il n'aurait point loisir de profiter d'un guerdon (2) aussi mal acquis… Or, donc, confortez-vous : nous ne partons jamais ensemble. Vous préparez toujours Facebelle vous-même. Nous revenons chacun de son côté à de longs intervalles. Avant que j'emploie mes matinées à vous exerciser, j'allais déjà, dès l'aurore, galoper dans la champagne à l'entour de Maillebois pour en revenir sur le coup de midi… Vous partiez longtemps après moi sans que nul n'y trouve malice. Nous ne pouvions, pensait votre époux, nous revoir au-delà des murs puisqu'un crapaud de mon espèce…

L'œil brillait. Yolande n'osa contredire son précieux conseiller.

— J'échange désormais mon bon Flandrin contre votre Facebelle.

Béraud se mit à rire sans la moindre acerbité :

— *Facebelle* !… N'est-ce pas, dame, une mauvaise farce du sort ?… Si les soudoyers de messire Floris me voyaient à cheval sur votre jument et vous sur mon Flandrin, galopant comme un homme, ils s'ébaudiraient grossement (3) !

(1) Les gens vivant au château.
(2) Récompense.
(3) Si les chevaliers ne chevauchaient point des juments (montures dérogeantes) les femmes de la noblesse, à quelques exceptions près, ne montaient point de chevaux, lesquels étaient « entiers ».

Les bras ballants, la parole molle, Béraud acheva :

— Je crois qu'*il* reviendra et quelques hommes aussi. Peut-être le précéderont-ils car ils n'ont aucune valeur sur le marché de la guerre... La Mahaut le reverra. Il insistera derechef pour divorcer.

Yolande sourit tout en palpant ses poignets et ses avant-bras douloureux.

— Nous divorcerons, Béraud, mais d'une façon différente de celle qu'il pourpense... s'il vit toujours.

IV

Le vendredi 7 octobre, au milieu de l'après-midi, un visiteur à cheval franchit le seuil de Maillebois. Alertée par le mugissement de la trompe et le crépitement des sabots, Yolande abandonna sa broderie en hâte pour se pencher, le cœur battant, à sa fenêtre.

« Est-ce Floris ? »

C'était Colebret de Danville, le meilleur ami de son mari, bien qu'il lui eût offert, à maintes reprises, de se venger dans ses bras et ses draps d'un cocuage qu'il disait réprouver.

Lorsque Béraud eut accueilli le visiteur, elle descendit au tinel en s'interrogeant sur la nature de l'émoi qui la secouait. Qu'espérait-elle ? La vie ? La mort ? En partant pour l'ost – Armide d'Arilly le lui avait confié – Floris était passé par Danville afin de cheminer vers Paris en compagnie de son grand compain.

Sitôt qu'elle apparut, Colebret s'empressa de lui révéler l'objet de sa venue :

— Floris est en vie, m'amie.

— Ah ?

— Prisonnier.

— Vous ne l'êtes point.

Ce n'était pas un reproche, tout juste l'expression d'un ébahissement auquel Béraud, qui tisonnait une bûche dans la cheminée, parut insensible.

— Non, je ne le suis pas. On m'a rapporté que j'ai merveillé le prince Edouard en me destouillant de trois Goddons qui me voulaient occire alors que le roi Jean lui-même avait remis ses armes à son vainqueur.

— Ah !

Quelle que fût l'origine de la mansuétude princière, Colebret était libre. Il en resplendissait. Il avait tourné la tête vers Béraud pour le prendre à témoin de sa bonne chance. L'écuyer se laissa envelopper par ce regard qui, pour lui, ne pesait pas plus qu'une mouche.

— Adoncques j'ai pu savoir, avant de quitter les Goddons, à combien s'élevait la rançon de Floris… qui est durement navré à l'épaule senestre.

« L'épaule de l'écu », songea Yolande en se tournant, elle aussi, vers Béraud. Tout occupé du feu qui s'étouffait dans l'âtre, le Défiguré semblait parfaitement indifférent aux propos échangés sur un ton dépourvu de la moindre amiableté.

— Cette rançon…

— Il vous faut commencer à la réunir dès mes-huy (1).

— Sinon ?

— Les prisonniers vont être conduits à Bordeaux. On ne sait rien d'autre en apparence, mais j'ai appris, moi, que

(1) Dès aujourd'hui.

leur rançon devrait être acquittée avant la Noël, sinon, ils seront esclipés (1), pour l'Angleterre.

— Ah !

— Et pour qu'il vous revienne, si tel est votre vœu, la rançon de Floris devrait être acquittée à Calais. Il y sera conduit je ne sais quand.

— Combien ?

Colebret parut hésiter. Il n'avait jamais brillé, quoiqu'il pensât, par une forte dose d'intelligence. Pour faire l'important, il prenait toujours son temps, ajoutant à ses silences des attitudes souveraines. Bras croisés, il considéra Béraud, puis cette femme qui moult fois lui avait fait envie. Il incarnait ainsi la bonne chance et l'inconstance : Armide d'Arilly n'avait pas caché qu'il l'avait abandonnée pour séduire Isabeau de la Neuve-Lyre... qui n'espérait que cela.

— Ah ! la rançon...

Il semblait avoir oublié, soudain, la raison de sa venue.

Il s'approcha de la cheminée. Sa démarche était posée, sereine. Il ne se tourna que lorsqu'il eut exposé aux flammes tout le devant de son corps.

— On dit que les Anglais ont l'intention de demander au roi Jean trois millions de florins à l'écu de Philippe... Trois millions d'écus d'or dont deux valent un noble de la monnaie d'Angleterre.

— C'est... énorme !

— Ah ! certes, m'amie... Le roi pourra regracier ses maréchaux qui l'ont mis en difficulté avant même que ne commence la bataille...

(1) Embarqués.

— Vous nous raconterez *après*, Colebret. Combien ?

La somme tomba – ou plutôt vola avec la célérité d'un carreau d'arbalète :

— Quinze mille écus.

— Je ne les ai point.

C'était, pour un hobereau tel que Floris, une rançon démesurée. Béraud avait tressailli. Colebret parut compatir à la détresse d'une femme qui, bien que trompée, méprisée par son époux, se demandait comment le *racheter* aux Goddons.

— Il a dû faire l'intéressant, dit Yolande. Monter sur son grand cheval, comme on dit, et de baron jouer au prince.

Colebret acquiesça petitement. N'était-il pas de la même espèce que Floris ? Pauvres d'eux ! Pauvre idée qu'ils se faisaient de leur personne.

Yolande eut envie de marcher, de pleurer – encore fallait-il qu'elle y parvînt. Elle confrontait l'espèce de fausse tristesse de Colebret à ses vrais regrets à elle. La certitude de la complicité qui, en ce moment, la liait à Béraud attentif, lui était un précieux soutien. Quinze mille écus ! C'était comme si, d'un coup, elle était confrontée à sa faiblesse. Non point sa faiblesse de femme – elle n'y croyait plus, et pour cause – mais sa faiblesse de baronne impécunieuse.

— C'est une somme, dit Béraud.

Il ne gagnait rien, à Maillebois. Il était nourri et logé aux frais des propriétaires et n'en demandait pas davantage. Le sourire désabusé de Colebret fut une espèce d'approbation.

— Une somme, oui, dit Yolande.

C'était son devoir d'épouse, – même d'épouse délaissée – de venir en aide à Floris. Cependant, au tréfonds de son cœur, elle l'eût délicieusement laissé se morfondre en quelque geôle de la Grande Ile sans espoir de revenir un jour sur le Continent.

A l'inverse de cet époux volage, elle détestait les jeux violents et leur apogée, la guerre, bien qu'elle comprît, eu égard à son caractère, que Floris y trouvât plaisance. Elle eut l'intuition presque urticante qu'il se rongeait déjà les sangs, qu'il se livrait posément à son examen de conscience, qu'il reviendrait à Maillebois changé, peut-être repentant, et qu'après avoir subi tout à la fois l'humiliation et les sévices des Goddons, il serait à sa merci d'une façon ou d'une autre. Dans le grand champ où Béraud lui apprenait à béhourder, elle ne s'appliquait à tenir fermement sa lance que dans l'espoir d'avoir l'infidèle au bout de son rochet (1). Il fallait qu'il revînt, ne fût-ce que pour qu'elle l'humiliât devant une assistance nombreuse dont Mahaut, à n'en point douter, serait la reine. De tous les jouteurs du voisinage, le sire de Maillebois était assurément celui qui plaisait le plus à la damerie, aux gens de la bourgeoisie des cités toutes proches, et moindrement au commun. Les nobles, eux, semblaient tenir en défaveur, sans doute en raison de ses succès indiscutables, ce pair qui se haussait du col dans et hors les lices. Et comment les gentilfames ne l'eussent-elles pas portées dans leur coeur ? Il savait les

(1) Sorte de haute capsule de fer qui s'emboîtait à l'extrémité d'une lance de joute. Trois tétons la rendaient, *en principe*, inoffensive. Le *cournall* anglais, destiné au même usage, ressemblait à une tulipe aux pétales évasés.

honorer d'un salut, les regracier d'une voix feutrée de leurs acclamations et frappements de mains. Il était pourtant loin de ressembler aux grands dignitaires qui s'aventuraient dans le Perche et plus particulièrement le Thimerais (1) et qui, après avoir pour ainsi dire emprunté le respect et l'admiration des spectateurs, ne leur adressaient pas même un geste de gratitude.

— Il me faut disposer de quelques semaines pour réunir autant d'écus, dit Yolande. Où faudra-t-il les porter ?

— A Calais, m'amie, comme je viens de vous le dire. J'ai argué que Bordeaux, c'était trop loin de vous.

— A qui faudra-t-il les remettre ?

— A quelque porte que ce soit de Calais, vous direz que vous venez acquitter une rançon. Un des regards (2) vous mènera chez quelque trésorier des guerres... C'est du moins ce que je présume.

— J'irai, si vous me le permettez, dame, dit Béraud. Les chemins sont peu sûrs et ce n'est pas Olivier, qui est absent pour trois mois encore, – s'il revient – qui pourrait accomplir une mission pareille.

Colebret regarda l'écuyer avec des yeux neufs. Plus de condescendance. Une sorte d'admiration soupçonneuse. Yolande le vit subitement se tourner vers elle, les paupières plissées comme pour amincir l'éclat de ses prunelles et certainement la mieux percer.

« Que va-t-il imaginer ? Que Béraud se dévouera par amour de moi ? »

(1) Ou *Thymerais* : ancien pays de France dans le Perche dont la « capitale » était Châteauneuf (Eure-et-Loir).
(2) Gardes, sentinelles.

Pour la délivrer d'une inquisition aussi sotte que malvenue, le Défiguré usa promptement d'une astuce :

— Comment, messire Danville, cela s'est-il produit ?

La conversation faiblissait ? Elle reprit vigueur ; Colebret également dont le geste devint prompt, explicite, ainsi que la voix qui, de presque chuchotée, recouvra de l'ampleur et de la fermeté :

— Nous sommes partis ensemble, Floris et moi, et nos soudoyers suivaient à pied. Aubery de Boutigny et Lambrequin de Piseux nous ont rejoints avant Paris avec leurs hommes. Nous n'avons rien su de la chevauchée de Lancastre qui mettait, disait-on, le Cotentin à feu et à sang. Nous avons appris que le prince de Galles avait commencé sa chevauchée vers le Poitou, le Limousin et le Berry (1) et sommes arrivés après le départ de Jean II. Informés qu'il chevauchait vers Chartres, nous l'y avons rejoint pour apprendre que l'aîns-né fils du roi d'Angleterre était à Issoudun et cheminait vers Tours dont les ponts coupés, disait-on, l'empêcheraient de franchir la rivière Loire.

— Ensuite ? demanda Béraud avide d'apprendre comment l'armée royale avait été défaite.

Colebret soupira et frémit sous le paletoc de mouton qui le couvrait du col aux jarrets. Avait-il froid ou bien les

(1) Partis de Bergerac le 4 août 1356, les Anglais passèrent par Périgueux, Brantôme et atteignirent Rochechouart le 12. Ils traversèrent la Vienne le 14 pour se rendre à Lesterps où ils demeurèrent le 15. Le 16, ils furent à Bellac. Ils atteignirent Bourges, ensuite, et ravagèrent ses faubourgs. Le 25, ils furent devant Issoudun. Ils y séjournèrent le 26 et le 27. Ne pouvant conquérir le château, ils détruisirent la ville. Ensuite, ils se rendirent à Vierzon, y passèrent la nuit du 28 et incendièrent la cité. A Tours, ils trouvèrent les ponts rompus.

Jean le Bon, qui avait quitté Paris assez lentement, fut à Chartres du 28 août aux premiers jours de septembre.

remembrances des événements qui avaient précédé la bataille froidissaient-elles soudain son sang ? Il sembla reprendre son souffle.

— Nous avons attendu jusqu'aux premiers jours de septembre que tous les chevaliers et leur piétaille nous rejoignent et sommes partis, quand ce fut fait, pour Meung-sur-Loire. Quand nous y sommes parvenus (1), il fut convenu que nos compagnies passeraient la Loire à Orléans, Meung, Blois, Tours – si les ponts étaient debout – et Saumur... Jamais je n'ai vu si grand'foison de guerriers !

— Comme à Crécy, dit simplement Béraud.

Sans doute souriait-il derrière son faux-visage. Pour le moment, Colebret rechignait à s'adresser particulièrement à l'écuyer. Yolande devina que lorsqu'il y serait contraint, ce serait sans artifice : ils étaient deux vaincus de batailles différentes, mais l'un y avait perdu ses illusions et sa beauté, l'autre semblait s'être nettoyé de sa male chance. Nulle plaie ne pourrait la lui remémorer.

— Adoncques, le sire de Craon et messire Boucicaut réunirent trois cents armures de fer afin d'aller voir les Goddons de plus près. Prenant le chemin de Vierzon, ils furent lourdement racachiés par deux fois (2) et perdirent des gens, des mal-montés, et s'ils n'avaient trouvé la tour de Romorantin dans leur retraite, ils auraient tous été pris ou occis. Ils s'y boutèrent et se crurent en sauveté... Cela, je l'ai appris plus tard car je n'étais point de cette chevauchée.

(1) 8 septembre.
(2) Attaqués. Ces engagements des Anglais et des Français eurent lieu les 29 et 30 août.

Colebret fit une pause. Béraud s'en fut ouvrir une crédence. Il apporta trois gobelets et une bouteille de grenache. Yolande servit, offrit un récipient à son visiteur et bien que peu intéressée demanda :

— Poursuivez.

C'était le verbe adéquat. Colebret raconta que les Anglais poursuivaient les Français de si près qu'à peine dans la tour, le siège en avait été fait.

— Nos gens se rendirent et s'en allèrent avec les Goddons, sans armes ni armures tandis que le Prince de Galles commençait à conquérir la cité (1)...

— ... qui fut arsée (2), acheva Yolande.

— Hélas ! fit Colebret sans la moindre affliction.

— Ensuite ? demanda Béraud.

Il s'intéressait, lui, à ce récit. Il se demandait pourquoi et comment une armée qui, par le nombre et certainement le courage valait celle de Crécy, avait pu être écrasée, dispersée, humiliée.

— Ensuite, nous sommes allés à Blois (3). Les Anglais, eux, étaient à Amboise. Quand ils surent que le roi Jean allait à l'encontre d'eux, ils marchèrent sur Tours et y demeurèrent (4) faute d'un pont pour passer la Loire. Ils

(1) Les Anglais entreprirent le siège de Romorantin le 30 août. Les assiégés du donjon ne se rendirent que le 3 septembre, dans l'incapacité d'éteindre le feu que les Anglais y avaient mis. Le prince de Galles resta à Romorantin le 4 septembre.

(2) Incendiée.

(3) Jean le Bon y arriva le 10 septembre.

(4) Ils y furent du 7 au 11 septembre, un dimanche. Ce jour-là, les Anglais levèrent le camp à l'aube, franchirent l'Indre et marchèrent sur Montbazon. C'est dans cette cité que le cardinal de Périgord vint trouver le prince Edouard, le 12, pour l'engager à conclure une paix avec son adversaire.

ardirent des maisons des for-bourgs et piétèrent vers le Poitou, toujours arsant et exillant (1). Jean fit passer la Loire à son armée. Il se logea, une nuit, à trois lieues des Anglais et à cinq de la cité de Poitiers. Ses hommes d'armes le rejoignirent de toutes parts. Il pensa – et nous tous avec – qu'il faudrait sans tarder combattre, mais le cardinal de Pierregord alla du souverain au prince et du prince au souverain pour essayer d'obtenir la paix.

Résignée à tout entendre, Yolande étouffa un bâillement sous sa paume tandis que Béraud demandait :

— Continuez, messire.

Sans doute l'odeur complexe des campements et des batailles lui montait-elle aux narines et imprégnait-elle sa cervelle.

Colebret parut éprouver quelque amertume à intéresser davantage l'infirme au visage invisible que son hôtesse dont il avait surpris le bâillement.

— Le roi décida de l'ordonnance des batailles et manda que tous combattraient à pied pour ne pas recommencer l'erreur de Crécy.

— Ah ! fit simplement Béraud.

— Il fut ordonné que le duc d'Athènes et les deux maréchaux – messires Jean de Clermont et Arnoul d'Audrehem – auraient la première bataille, à tout six mille armures de fer, et le duc d'Orléans l'autre, à tout trois mille armures de fer. L'aîns-né fils du roi, le duc de Normandie, reçut la tierce bataille forte de trois mille armures de fer... J'en

(1) Brûlant et ravageant.

étais... Le roi, lui, aurait en sa bataille tout le remanant (1) des gens d'armes et gens de pied dont il y avait si grand-foison que c'était merveille. Il y avait le duc de Bourbon et moult seigneurs et chevaliers de Provence, Limousin, Poitou, Touraine, Berry, Bourgogne, Savoie et plusieurs pays : le comte de Nassau et des milliers d'Allemands... Toute la terre en était couverte.

« Avant qu'ils ne soient dessous », songea Yolande.

Le jour du départ de Floris pour l'ost, elle avait succombé à un de ces sommeils lourds et vermillonnés qui, pareils à des narcotiques, font sombrer ceux qui en sont atteints dans une espèce d'enfer. Elle s'était éveillée tard dans la matinée, la chair glacée sous l'empire d'une vision folle : Olivier avait accompagné son père à la guerre. Il y mourait alors que Floris, sans une égratignure, courait au-devant de Mahaut qui, nue, lui ouvrait les bras. Éloignée du sommeil, elle en avait subi longtemps l'effroi physique, cherchant confusément quel affreux sortilège avait bien pu tramer cette « histoire » dans son esprit. Malgré ses efforts, elle n'en avait point découvert le sens caché. Sous ses paupières souvent humides, elle avait encore, parfois, des visions de son rêve, indécises et soudain précises, embrumées et soudain nettes, mais toutes maculées du sang d'Olivier pourtant serein parmi ses livres et les murs d'un moutier.

— Oui, insista Colebret presque triomphalement : la terre avait disparu sous les semelles des hommes.

— Ah ? fit Yolande par politesse.

Elle ne distinguait pas son époux dans cette multitude.

(1) Le reste. De *remaner* : rester.

Sans doute, avant que les armées ne s'entre-tuassent, se maintenait-il au chaud parmi ses soudoyers. Elle le sentait pourtant près d'elle, plus près qu'il ne l'avait jamais été.

« Tu vas voir », songeait-elle, « après l'amour, l'adversité ! »

De même qu'elle eût flairé une odeur toxique, elle percevait les pensées qu'il avait nourries et nourrissait encore pour Mahaut. Nul doute qu'il imaginait ses mains sur sa taille, ses doigts sur son pelage, ses lèvres sur des lèvres lors de baisers à brûler la peau de cette voleuse d'hommes.

— Le prince de Galles, les Goddons et les Gascons durent se demander s'il leur fallait fuir à meschief (1) ou combattre. Ils s'arrêtèrent à une lieue et demie de Poitiers et se mirent en aventure de bien mourir ou de bien vendre leur chair au plaisir de Notre Seigneur...

— Et mêmement qu'à Crécy, intervint Béraud, ils ordonnèrent sagement leurs batailles.

« Comment le sais-tu ? » parut demander Colebret en défiant le faux-visage immobile, pareil à l'ébauche d'une statue modelée d'ombres et de clartés charnues.

Ils voyaient l'un et l'autre remuer les armures de fer. Ils voyaient des gantelets saisir qui une hache, qui une lance et rompre celle-ci pour le combat à pied. Ce contact des mains sur la hanste (2) de la lance, Yolande le connaissait aussi. Elle savait l'immédiate perception que l'on avait de sa valeur, de son hardement et de sa volonté : un sens des réalités doublé d'une jubilation plus agréable que les

(1) Malheur.
(2) La hampe.

attouchements qu'elle venait d'imaginer sur une autre qu'elle-même.

— Le cardinal de Pierregord tenta de faire échouer les desseins des uns et des autres, mais le roi Jean, dont l'ost était du double de celui du prince, sinon plus, réfuta toutes les offres. Le lendemain, après la messe, les Français se mirent en convenant (1), à pied, excepté les maréchaux et le connétable, duc d'Athènes. Ce fut un tel touillis que je ne saurais vous énarrer cette bataille. Il faut vous dire qu'auparavant, Eustache de Ribemont avait apporté des noùvelles que le roi Jean avait trouvées bonnes. Le connétable et Clermont voulaient attendre l'avis des Anglais chez lesquels messire de Talleyrand-Pierregord s'était rendu. Audrehem qui toujours fut en retard dans les guerres, voulut pour un coup attaquer. L'évêque Chauveau, de Châlons, également.

— Les mitrés, eux aussi, furent belliqueux à Crécy, remarqua Béraud de sa voix grésillante.

— Je n'y étais point, dit Colebret, aigre et maussade. J'ai vu Audrehem se prendre de querelle avec Clermont qui atermoyait. Traité de couard à mi-mots, le maréchal dit à Audrehem : « *Vous ne serez point, Arnoul, plus hardi que de coutume. Le museau de votre cheval sera dans le cul du mien.* » Il en fut ainsi : Clermont mourut noblement, Audrehem se fit prendre... honteusement.

Colebret tendit son gobelet à Yolande. Elle l'emplit. Il lui tardait d'être seule et de méditer sur l'énormité de la rançon d'un inconstant.

— Ce que je sais encore, dit le visiteur, c'est que le duc

(1) En disposition (ou en ordre) de bataille.

d'Orléans s'enfuit avec ce qui restait de sa bataille... Que Geoffroy de Charny, ce grand présomptueux de porte-oriflamme, fut occis et que le roi Jean, qui moult combattait avec son fils puîné, Philippe – il n'a que douze ans – fut pris... Quelle vergogne, en vérité !

— Hélas ! fit Béraud.

— A vêpres, le prince de Galles offrit un souper au roi de France en sa loge du châtelet de Savigny (1) cependant que les chevaliers vainqueurs rançonnaient leurs prisonniers... Le lendemain, le prince et le roi Jean s'en allèrent ainsi que d'autres seigneurs (2).

— Si je ne puis acquitter cette rançon... commença Yolande.

— Floris sait que vous le pourrez, affirma Colebret. Si vous refusiez, il devrait demeurer aux mains des Goddons. Est-ce votre désir ?

Yolande ne laissa rien paraître de son débat intime. Qu'eût-elle pu dire maintenant ? Elle cédait à une sorte de lassitude. L'emprise de l'influence maritale, un instant évaporée, revenait l'ensevelir. Colebret crut sans doute que sa nonchalance apparente comportait en elle-même, déjà, une soumission à la fatalité.

— Je sais votre ressentiment contre cet inconséquent...

(1) Vienne. Commune de Saint-Julien-Lars.
(2) Le lendemain de la défaite française, les Anglais se mirent en route pour Bordeaux. Ils arrivèrent à Libourne le 2 octobre. Des trêves allaient être signées le 23 mars 1357 à l'instigation des cardinaux envoyés par le Pape pour réconcilier les deux ennemis. Cependant, dès le 20 de ce mois, Edouard III avait ordonné de faire tous les préparatifs nécessaires pour donner à Jean le Bon la réception qu'il méritait. Le vainqueur, le vaincu et les otages de marque furent débarqués à Plymouth. Ils avaient quitté Bordeaux le 15 mai. Le 24, ils entrèrent solennellement à Londres.

Il avait de ces mots !

— Il s'est battu avec une bachelerie (1) qui lui aurait valu, quoi qu'il ait fait, votre admiration.

— Voire !

— Le roi Jean l'en a congratulé lorsqu'il fut pris... C'est le cardinal-légat qui me l'a dit alors qu'on soignait mon flanc percé par une sagette anglaise.

Répugnant sans doute à prolonger l'entretien, Colebret fit quelques pas vers le seuil du tinel. Plutôt que de tirer le grand vantail vers lui, un scrupule le prit et sans précaution :

— J'ai cru bienséant de prévenir dame Mahaut de l'infortune de Floris. Elle a fondu en larmes.

Le silence qui suivit parut signifier, adressé à Yolande : « Vous pas. » Pourquoi, grand Dieu, eût-elle pleuré ? Trompée, bafouée par des paroles dures et qui toujours lui paraissaient injustes, l'orgueil qu'elle avait désormais d'elle-même lui tendit les épaules en arrière et le croisement de ses bras n'était autre qu'un congédiement dont Colebret parut offensé.

— Eh bien, Yolande, j'ai fait mon devoir...

— Ne vous ébahissez point si je reste sereine. Vous connaissez mon infortune... Non ! Non ! ne dites rien : peut-être ce mauvais coup du sort incitera-t-il Floris à penser à moi plus qu'à elle, car si elle a versé des pleurs, elle ne versera pas un écu pour participer à sa sauvegarde !

Colebret fut contraint d'acquiescer. Il se pouvait qu'il aimât lui aussi « la » Mahaut. Il avait sur Floris l'avantage de la fortune et du célibat.

(1) Vaillance et chevalerie.

— Faites diligence, dit-il. Je vous répète ce qu'*il* m'a dit. Sachez aussi que Lambrequin de Piseux a eu un bras tranché... La guerre est une maudite chose.

C'était une fin satisfaisante. Colebret néanmoins en parut contristé. Longtemps ses éperons tintèrent sur le pavement de la cour avant qu'un clapotement de sabots ne retentît.

— Ouf ! dit Béraud.

Yolande se désintéressa de ce départ : Colebret s'était exclu de son amitié depuis le jour où elle avait appris qu'il avait favorisé les rencontres des deux amants pour se venger, peut-être, de sa froideur à son égard.

« Ces hommes !... » songea-t-elle.

Béraud s'avança, certainement soulagé, lui aussi, de la disparition d'un falourdeur (1) qui l'avait toujours traité sans pitié ni déférence.

— Pardonnez, dame, dit-il de cette voix bronchante et comme fêlée qu'il ne pouvait maîtriser dans ses moments d'émoi. Votre époux, une fois libre, agencera ces joutes auxquelles nous tenons désormais autant que lui... A moins qu'il ne charge Colebret de Danville de les faire disputer dans ses lices. Messire Floris tiendra à arborer les couleurs de la Mahaut devant toute la damerie... Sa passion pour cette... je ne sais quoi sera d'autant plus forte qu'il aura été longuement privé de sa présence.

— On ne sait vraiment d'où elle sort !

— C'est la fille d'un hanapier de Paris que son second époux distingua et anoblit par le mariage. Une manante !...

(1) Prétentieux.

Oh ! certes, mon propos n'est pas de rabaisser les femmes du commun, mais celle-ci vous fait moult souffrir...

Yolande soupira. Elle eût dû se réjouir de la malaventure de Floris ; elle ne le pouvait. Quant à Mahaut !... Elle n'avait fait que l'entrevoir une fois, peu après le départ de son époux, sur le marché de Châteauneuf. Toujours belle. Un front haut, coupé parfois d'un pli vertical entre les sourcils, indice d'une volonté, voire d'une hardiesse infinie. De longs cheveux donnaient un bel ovale à son visage blanc, mat, et tempéraient de leur flot doré l'expression de hautaineté qui se confirmait dans le serrement de ses lèvres d'une roseur que maintes femmes pouvaient lui envier. Quand elle s'exprimait, ses bras, ses mains entraient en mouvement, et la mollesse de ses gestes n'était qu'une sorte d'artifice destiné à plaire, toujours plaire, car ses doigts souvent se contractaient comme ceux, sans doute, d'une femme accoutumée à rober ce qui la tentait sur les étals des échoppes et jusque dans les champs clos. Si elle riait, c'était à petits éclats contenus derrière lesquels tout autre homme que Floris eût décelé une sorte d'arrogance assaisonnée de moquerie. Elle passait pour avoir un caractère égal et des façons de Cour, pour entretenir des amitiés chastes et faciles ; elle disait abhorrer les passions médiocres et les vertus hypocrites. La menteuse ! L'affreuse menteuse !

— Quand mon époux m'a offensée la dernière fois, il m'a dit que j'étais grosse, hommasse et laide. Il se peut qu'en ce moment même, le souvenir de *sa* Mahaut resplendisse dans sa tête et son cœur.

— Vous êtes bien en chair comme on dit, mais non point hommasse, dame Yolande. Quant à être laide, que dirais-je, moi, qui peux au tout venant fournir des leçons d'horribleté.

Elle n'allait pas reprendre les vieux thèmes de la consolation : elle les avait trop employés. Plutôt que d'être des encouragements, ils pouvaient accroître, chez Béraud, le dégoût qu'il avait de lui-même.

— Je me repens, dit-elle. Je sais quel beau damoiseau vous étiez avant Crécy et je maudis le Très-Haut d'avoir anéanti cette perfection.

— Ce ne fut point Lui, dame, mais les Goddons... Il n'empêche... J'ai ouï ce que votre époux vous a dit avant de partir pour l'ost. J'en fus moult affecté... Je passais devant votre chambre ; il parlait haut...

Sans doute par vengeance, si Béraud avait conservé son visage « d'avant Crécy », eût-elle été tentée de devenir sa maîtresse. Le pauvre était si répulsif que même sous son cuir protecteur, elle le voyait tel qu'il était devenu.

— Si votre époux veut faire de Maillebois le terrain des joutes, il lui faudra emprunter des serviteurs à l'entour... Je crains, en effet, qu'aucun de ses hommes d'armes ne revienne... Je les plains.

— Est-il vrai que vous irez porter la rançon de mon époux à Calais ?

— Oui, dame, dit Béraud fermement. Si messire Floris s'y trouve, je reviendrai en sa compagnie... Mais je vous adjure, en mon absence, de continuer de vous exercer dans notre jarissade (1). Galopez, galopez, la lance en votre poing.

— Je le ferai, dit Yolande soudainement excitée. Ah ! oui, je le ferai tout en pensant à vous plutôt qu'à lui.

Elle regretta aussitôt ces paroles. Béraud s'inclina : il n'en attendait pas tant.

(1) Clairière.

V

Yolande ouvrit ses coffres et ceux de son époux dans lesquels elle découvrit quelques poignées de pièces d'or et des gemmes, anneaux et pentacols, frontaux et autres affiquets dont elle n'eût assurément pas profité.

« Mahaut !... Toujours Mahaut ! »

Un notaire de Châteauneuf mandé par elle estima le tout à neuf mille écus.

— Je suis loin du compte, messire Chènevard, dit-elle, désemparée, lorsqu'il lui eut annoncé la valeur des pièces et des objets d'or, d'argent, et les joyaux qu'il avait étalés sur la table de la grand-salle.

— Vous l'atteindrez, dit l'homme de loi, un gros barbu à l'air enjoué qu'elle avait vu parfois assister aux joutes et tournois qui se donnaient en Thimerais. Il vous suffit de vendre deux terres : celle de Brézolles, par exemple, et celle de Prudemanche que le sire de Châteauneuf aimerait bien adjoindre à sa chevance (1) et dont il donnerait bon prix.

(1) Les biens, la propriété.

— C'est un bien commun, messire, objecta Yolande. Il faudrait que le sceau de mon époux figure sur l'acte de vente...

— Bof ! fit l'imposant Chènevard en jetant une poignée de vent par-dessus son épaule. Votre mari, dame, a fait aveu au seigneur de Châteauneuf... Il est son féal... Nous règlerons les détails de cette acquisition à son retour. Qu'en dites-vous ?

Sans plus barguigner, Yolande vendit les terres.

* *
*

Béraud chemina vers Calais. Il était accompagné de Gillebert et Andrieu, vêtus comme lui en manants afin de ne point trop attirer l'attention sur leurs personnes. Un mulet transportait sur son bât la rançon. Pour éviter de provoquer de dangereuses convoitises, il avait été convenu que l'on coucherait hors des cités, que l'on mangerait les victuailles emportées de Maillebois et boirait parcimonieusement le vin versé dans un tonnelet semblable à celui dans lequel Yolande avait enfermé les pierreries, les riches parures destinées à Mahaut et les espèces réunies tant dans sa demeure que chez maître Chènevard dont la commission, sans doute, n'était pas mince.

A leur retour, les trois hommes insistèrent sur la courtoisie des Anglais, en particulier celle du trésorier et des tabellions qu'ils avaient rencontrés alors que cet homme et ses assesseurs étaient occupés à dresser les états et les quittances des seigneurs retenus à Bordeaux et dont ils prévoyaient la venue à Calais pour Noël. La Fleur de la Chevalerie de France, elle, resterait auprès de Jean II, soumise au bon plaisir du prince de Galles, lieutenant du roi Edouard III, son père, en Aquitaine.

— Le précieux tonnelet fut ouvert devant nous, dame Yolande, rapporta Béraud. L'or et l'argent pesés avec soin, les joyaux : doigts (1), pentacols (2), les deux justes (3), les mors (4), les frontails et les frontaux (5) estimés honnêtement...

— Et mon époux ? s'enquit précipitamment Yolande. La rançon fournie comme il se devait, qu'adviendra-t-il de lui maintenant ? Je croyais que vous le ramèneriez.

Elle éprouvait l'intuition que Floris n'était pas près de revenir. Une sorte d'indulgence à son égard se glissait dans sa rancœur. Plutôt que de le préjudicier, son état de captif pris dans un meurtrier combat lui conférait une dignité nouvelle.

— Le chevalier Malcolm Ashley qui reçut la soumission de votre époux va être avisé que la rançon qu'il en exigeait a été payée.

— Par quel moyen ?... Vous venez de Calais et il est à Bordeaux.

Oui, elle s'inquiétait : il fallait que Floris apprît au plus vite qu'elle avait étouffé son amertume et fait diligence

(1) Bagues.
(2) Colliers, bijoux pour le col.
(3) Vases de table avec des anses (mot féminin).
(4) Agrafes.
(5) Accessoires des palefrois : chanfreins orfévrés. Parures de femmes.

pour le sauver. Elle n'espérait aucune gratitude. Il suffisait qu'elle fût satisfaite d'elle-même pour qu'elle trouvât, dans le retour de Béraud et ses explications, une sorte de bien-être.

— Nous ne pouvions faire davantage, dit l'écuyer. Les gens qui nous reçurent étaient d'honnêtes gens.

— Floris va-t-il savoir promptement que j'ai entrepris de le faire libérer ?

Gillebert et Andrieu prirent congé. Ils avaient à débâter le mulet, à desseller les chevaux, et à leur donner des soins et du fourrage. Yolande fut déçue qu'ils se fussent escampés si vélocement. S'étaient-ils pris pour des intrus ? Et pourquoi ? Tous savaient, à Maillebois, combien elle était fidèle. Et comment eût-elle pu s'éprendre d'un homme qui, sans doute, s'effrayait de lui-même ?

— Le prisonnier saura ce que vous avez fait.

Béraud eût pu dire : « *votre époux, votre mari*, et même le *chevalier* », mais ayant pris parti pour une femme humiliée, c'était sa façon d'exprimer un ressentiment auquel, pour une fois, Yolande fut insensible.

— Chaque jour, dame, plusieurs nefs quittent Grande Ile pour Chierebouc (1) et Calais où elles apportent des armes et des vivres. Ensuite, certaines partent pour Bordeaux où elles déposent également des armes, des vivres, et font le plein de vins d'Espagne et d'Aquitaine. Moult seigneurs et marchands sont de ces voyages... Il va de soi que les chevaliers du Pierregord, de la Langue d'Oc et de ces contrées sont traités par des trésoriers bordelais... Leur libération sera prompte... Du moins je le crois.

(1) Cherbourg.

— Floris doit enrager.

Le visage de cuir pencha d'un côté puis de l'autre. Béraud paraissait époumoné. Sa bouche mutilée ne laissa passer qu'une voix assourdie, un peu rêche. Toutes ces questions pourtant nécessaires le hérissaient.

— J'en ai reçu, dame, l'assurance : Malcolm Ashley, chevalier banneret, qui, paraît-il, fit merveille à Poitiers, libérera votre époux sitôt qu'il aura été informé par messire John Shrovesbury devant lequel nous avons comparu, que la rançon qu'il demandait l'attend à Calais.

— Pourquoi ne pas l'avoir embarquée, elle aussi, pour Bordeaux, certainement avec d'autres ?

Cette pertinente remarque, Béraud se l'était adressée. Il crut trouver une réponse à ce qui leur paraissait une incohérence :

— Dame Yolande, la mer est peu sûre. Des nefs françaises voguent fréquemment devant Calais, Chierebouc et les côtes de la Manche. D'autres à l'entour de Jersey et Guernesey... La traversée est longue. Tout peut y advenir... A Calais, le trésor de guerre des chevaliers Goddons est en sécurité, tout proche de l'Angleterre. Je crois que les prud'hommes qui servent en Aquitaine préfèrent le savoir en cette cité plutôt qu'à Bordeaux. Le prince de Galles est souvent à court d'argent. Il pourrait leur en emprunter sans avoir hâte de le restituer. Je suppose, au risque de me répéter, que les familles des chevaliers de Saintonge, Poitou, Limousin, Berry, Langue d'Oc – et j'en oublie – devront acquitter les rançons qui les concernent à Bordeaux.

— Certes, dit Yolande à demi satisfaite en se penchant presque avidement vers la face de cuir. C'est étrange...

Elle se tut, fit quelques pas la tête haute, les mains sur ses reins comme si elle avait chevauché longtemps. Il semblait qu'elle regrettait de s'être penchée en avant vers un monstre alors qu'elle découvrait que même lors d'un entretien des plus sérieux, il pouvait exister entre eux des affinités dont jusque-là, elle n'avait point soupçonné l'existence.

— Il est des éloignements qui rapprochent, murmura-t-elle.

— Vous et *lui* ? interrogea sombrement Béraud. Ou vous et moi ?

Depuis dix ans, c'était – si elle pouvait appeler ainsi ces questions presque simultanées – sa première audace. Craignant peut-être de l'entendre inopinément encenser les qualités de l'absent, l'écuyer s'était dégagé des contraintes auxquelles il s'était astreint. Elle dut s'avouer qu'elle était, pour le moment, incapable de répondre et demanda, sur un ton d'une indifférence telle qu'il semblait qu'elle s'interrogeait elle-même :

— Quand Floris reviendra-t-il ?

Béraud eut un mouvement d'ignorance. Le soleil étendait son ombre sur les dalles. Yolande vit ainsi, aussi nette que le vrai, la réplique d'un homme fort, certainement sensuel et condamné comme elle à une abstinence éprouvante.

— Je ne saurais, dame, vous fournir une réponse. Dieu lui-même ne pourrait vous éclairer... Il ne fait aucun doute qu'il partira de Calais pour Maillebois. Dans l'ignorance de sa revenue, je ne pourrai me porter à sa rencontre.

— En êtes-vous satisfait ?

La douceur ambiguë de l'écuyer se concilia, sans fard, avec son goût de la droiture.

— Je le suis... Et si votre dessein de le vaincre en joute tient toujours, mon conseil est que vous mettiez à profit ce surcroît d'absence.

En fait, songea la Délaissée, tout était simple. Et compliqué.

* * *
 *

Le soir, avant de se coucher, Yolande, à sa fenêtre, reprit le cours de ses méditations en regardant ce qu'elle appelait la Butte-au-Cerf, se couvrir peu à peu de ténèbres. Depuis la réapparition de Béraud, elle s'obstinait à croire en un bonheur sans forme ni visage. L'écuyer le lui fournirait si elle parvenait a vaincre Floris à la joute. Mais serait-ce tout ? Floris pouvait-il lui revenir *complètement* ? C'était pour l'essentiel l'argent des Maillebois qui servait à sa délivrance. S'il ne pourrait en disconvenir, lui en saurait-il bon gré ? Tout était-il encore possible ?

En carême de volupté, elle imagina une étreinte comme celles qu'elle avait connues les premières semaines de sa vie de femme ; un flot de sensations qui prouvaient que le ciel existait et qu'on le pouvait atteindre depuis la terre.

Dans l'exaspération soudaine de sa confiance, de sa

force, sinon de sa santé, elle haleta d'un seul désir : aimer ou plutôt être aimée. Si ses amours avec Floris ressuscitaient, ses rêves belliqueux perdraient toute valeur.

« Seul et navré par un coup d'épée ou de guisarme, il a dû penser à moi tout de même ! »

Si ce soir d'espérance elle sentait son corps, ce n'était point de la même façon que lorsqu'elle était à cheval, la lourde lance afusellée, la main sur l'agrappe et le bois de frêne sous l'aissselle. Forte, certes, et quelque peu âgée, elle se sentait belle, les seins parfaits, les courbes pleines et bien liées entre elles. Oublieuse des mots violents qu'ils avaient échangés et dont certains, jusqu'à cette vesprée, avaient empoisonné son âme, elle pourrait se montrer fière d'avoir sauvé Floris des misères et de l'infamie de la captivité. Leur communion redeviendrait charnelle, spirituelle. Il oublierait Mahaut et sa grâce hypocrite. Volupté ! Volupté que ces retrouvailles. Certes, Béraud souffrirait. Elle souffrirait qu'il souffrît. Non, vraiment, rien n'était simple !

VI

Floris revint à Maillebois dans la soirée du lundi 29 mai 1357. Il y fut salué par la domesticité à laquelle Béraud, déférent, s'était joint. Yolande apparut, la démarche incertaine. Pour ne pas assister aux retrouvailles des époux, l'écuyer se chargea des soins du cheval du baron : un moreau d'assez bonne mine acquis sans doute à Calais avec les écus que le prud'homme ne manquait jamais d'emporter à la guerre, entre sa chemise et son surcot, et qu'il avait su conserver.

— Je sais, m'amie, que vous avez fait diligence pour acquitter cette rançon. Les Goddons, et particulièrement celui qui me détenait en otage, n'avaient aucune hâte à nous libérer. C'est à croire qu'en tant que guerriers, ils nous craignent.

C'était bien de lui, cette outrecuidance. Depuis le début de la guerre entre l'Angleterre et la France, en 1340, les chevaliers aux Lis et leur piétaille ne cessaient d'être vaincus.

Auprès des serviteurs réunis désormais autour d'eux,

Yolande comprit que si son époux la prenait enfin dans ses bras et la baisait au front, ce n'était point par excès de pudeur. Il était bien aise de revoir Maillebois. Elle venait ensuite de cette satisfaction, et la tête de Floris, déjà, semblait pleine d'une autre. Elle l'avait souventefois imaginé amaigri, haillonneux, vermineux, émacié sous une barbe en friche, et confiné dans un cachot où les seules clartés qu'il pût voir de loin en loin étaient celles des torches et des lanternes de ses geôliers. Las ! elle avait auprès d'elle un homme bien mis et d'une telle frisqueté (1) qu'on eût pu croire qu'il allait partir pour quelque messe à Blévy ou Saint-Maixme. Chaperon de velours rouge, pourpoint mollequin (2) noir, hauts-de-chausses mi-partie gris, mi-partie noir enfoncés dans des heuses de souple basane. Elle n'eût point été ébahie de voir, à leur place, ces chaussures à la poulaine contre lesquelles fulminaient unanimement, le Pape en Avignon, les évêques et les tonsurés de toute sorte.

— Venez, dit-elle, Mathilde va vous servir à manger. Vous devez être bien las !

— Comme un Romieux (3).

Naguère, songea Yolande, au retour d'une chevauchée peu ou prou exténuante, il prenait appui sur son épaule et sa main tâtait ce peu de chair offerte à son attention. Comme avant son départ pour l'ost, il n'y était plus enclin. Cruelle ou simplement désagréable, la captivité n'avait changé ni

(1) Élégance.
(2) Mousseline de coton.
(3) Se disait d'un homme ayant fait le pèlerinage de Rome.

ses façons ni, sans doute, la sécheresse de son cœur. Le regard levé vers le crénelage du donjon au-delà duquel le ciel était certainement plus serein que son âme, il révéla :

— Lambrequin de Piseux est manchot. Quant à mes hommes, ils sont morts : archers, arbalétriers, guisarmiers...

Il n'en portait point le deuil et n'envisageait pas de consoler leurs veuves.

« Le voici de retour et je ne sais que dire et que faire. »

Chaque soir, depuis l'absence de Floris et avant de se mettre au lit, elle avait prié, les genoux douloureux, sur l'échiquier des dalles. Elle avait supplié Dieu et saint Michel qu'ils lui rendissent son époux. Sa ferveur la déconcertait car la nuit absorbait ce vœu moins chargé d'amour que d'égoïsme : Floris lui appartenait. A chaque aube, comme ragaillardie par sa piété de la veille, elle galopait jusqu'à l'agreste champ clos et empoignait sa lance avec une vigueur dont elle ne se guérissait pas. Elle ne comprenait rien à ce dédoublement d'une femme encore aimante – pourvu que Floris le fût à nouveau – et d'une sorte de harpie éprise d'une activité réservée aux seuls hommes bien nés. Avait-elle voulu, dans ses prières, que Floris lui revînt lavé de toute tentation d'adultère ou avait-elle souhaité son retour dans le seul dessein de l'humilier ? Pour le moment, il souriait. Nullement à elle mais à leur demeure. Il s'informa d'une voix dont la gaieté ne dissimulait guère l'acidité :

— Béraud va bien ?

— Autant qu'un être de son espèce puisse aller bien.

— N'a-t-il pas mis à profit mon absence pour...

Floris s'interrompit, sachant qu'il allait trop loin et qu'elle lui était *malgré tout* fidèle.

— Le grand cerf est-il toujours présent sous la ramée ?

— Je ne sais, mentit Yolande.

Elle l'avait entrevu cinq ou six fois parmi les troncs et les roncières. Béraud l'avait mis en fuite, sans doute définitivement.

— Je suis heureux, Yolande.

— Moi également.

Elle n'avait osé prononcer son nom. C'eût été peut-être la preuve d'une familiarité, voire d'une tendresse recouvrée qui lui eût été désagréable. Aucun doute : il pensait à l'*autre*. Néanmoins, en montant les degrés du perron accédant au tinel où des serviteurs les avaient précédés, il décrivit son retour :

Il avait quitté Bordeaux le 15 mai en compagnie du roi Jean et des otages liés à son sort. Le prince de Galles et son royal prisonnier devaient débarquer à Plymouth, mais avant d'atteindre ce havre, ils avaient fait escale à Calais pour y déposer, outre une trentaine d'otages libérés, des tonneaux de claret (1) et de vin d'Espagne, des draps et tentures tissés à Morella et des gerbes de bois d'if destinés à la fabrication des arcs, puisque, pour se procurer ce bois de qualité destiné à leur archerie, les Anglais étaient tenus d'acheter du vin aux Espagnols.

— Je suis revenu avec Mansion du Boullay, Aubery de Boutigny et Lambrequin de Piseux auquel je vous l'ai dit,

---

(1) Les Anglais nommaient ainsi le vin de Bordeaux.

il manque le bras dextre... Évidemment, nous avons parlé des joutes qui célèbreront notre revenue.

— Ah ! fit Yolande, simplement.

Mais elle pensait : « Que tenez-vous à célébrer ? Votre retour ou votre déconfiture ? »

Elle sentit pourtant monter dans son cœur, tel un regret à son amertume, une espèce d'indulgence : comme tous les chevaliers et les piétons précipités dans cette bataille dont elle ne pouvait concevoir la hideur, ils n'étaient en rien coupables de leur défaite. C'était le roi, c'étaient ses maréchaux qui avaient décidé de l'action ; c'étaient ces soi-disant preux qui avaient déprécié, vilipendé, l'adversaire parce qu'il leur avait paru moins dangereux qu'à Crécy. Ils n'avaient point fui quand le danger, le mortel danger s'était soudain avéré. Floris, le fuyard de Crécy, pouvait s'enorgueillir cette fois d'avoir résisté aux Anglais auprès du roi et de son fils Philippe. Avait-il suivi ses pensées ?

— Tenez, dit-il en quittant son pourpoint et en dénouant l'aiguillette qui serrait le col de sa chemise.

Elle vit la navrure. Ç'avait dû être une entaille profonde, sanglante et douloureuse. Une fois le coup porté, il s'était trouvé comme amputé.

— C'est laid, dit-elle en portant derechef ses yeux sur la longue et large balafre dont les lèvres, d'une couleur lie de vin, apparemment fragiles, pouvaient se débrider, sans doute, en dépit du bouclier protecteur, après plusieurs coups de lance, voire un seul bien attrempé (1).

(1) Ajusté.

— Ce serait folie, que de vouloir jouter.

Elle n'osait, fût-ce d'un doigt, toucher la cicatrice. Une seule partie de cette chair aimée si longtemps et maintenant profanée, l'incitait à penser à Floris tout entier. Beau comme une figure de pierre. Souvent, dans la solitude de son lit, elle avait imaginé ce corps près d'elle. Elle y songeait plus qu'au sien qu'il avait tant profané en paroles. Blessée, elle aussi, en sa chair, mais d'une autre façon, certainement plus profonde.

— Folie ? s'étonna Floris. Vous êtes bien demeurée la même.

Elle se sentit examinée de la tête aux pieds, fugacement, tandis qu'il ponctuait sa phrase d'un petit rire qui n'encourageait pas la réplique.

Il rajusta sa chemise, remit son pourpoint. Il donnait à ses mouvements une aisance qu'il n'éprouvait point tout en considérant cette épouse ahurissante et ahurie d'un regard sans précaution. L'orgueil de son physique avantageux subsistait donc chez Floris. Yolande faillit gémir en découvrant que son visage marqué par le cheminement de Calais à Maillebois reprenait ses traits d'avant Poitiers : une figure de grand seigneur, de ceux qui déshonoraient la richesse plus encore que les parvenus qui la dévergondaient.

— Je serai de cette joute. Au besoin, elle aura lieu dans nos lices.

Puis le sort d'Olivier parut l'intéresser.

— Où est-il ?

— A l'abbaye de Lessay, en Cotentin… Il a quitté Vernon.

— Qu'est-il allé faire si loin ?

— Il ne m'a adressé qu'une lettre depuis votre départ et le sien. Il étudie je ne sais quels cartulaires. Je crois qu'il ne tardera pas à prononcer ses vœux... Mais il doit revenir nous voir avant que de nous dire adieu définitivement... Je vais le faire prévenir de votre retour. Je lui enverrai Béraud.

Floris paraissait accablé. Elle l'avait été. Elle s'était guérie de cette désillusion : elle connaissait si peu son fils.

— Si j'avais été présent à Maillebois...

Yolande sourit. Quelle présomption chez cet homme !

— Croyez-vous que vous l'eussiez détourné du chemin qu'il voulait prendre ? Il est aussi épris de Dieu et de Notre-Dame que vous l'êtes de Chevalerie et de jeux guerriers... quand ce n'est de réelles batailles. Mais alors qu'il veut être seul devant le Christ, la Sainte Vierge et les saints, vous tenez, vous, à ce que partout l'on vous voie... Surtout devant les dameries des champs clos.

Elle s'était abstenue de la moindre allusion à Mahaut, mais elle savait qu'il y pensait.

— Un chevalier, Yolande, peut aimer Dieu autant qu'Olivier l'aime.

Il s'exprimait ainsi pour se rasséréner. Fi de l'Ordre chevaleresque ! Son fils en avait choisi un autre, le plus rigoureux qui existât dans le royaume : l'Ordre de saint Benoît.

— Je ne sais même pas, dit-il, si Olivier a été affligé par la mort de Bernardet. Sitôt que je la lui ai annoncée, il s'est enfermé dans son reclusoir.

— Il y a pleuré, dit Yolande, la gorge nouée par un souvenir qui s'était racorni d'année en année. Il s'y est éploré… Longtemps. Je veux dire : pendant des jours et des jours… Quoique dissemblables, nos fils s'aimaient bien… Olivier n'a cessé de prier dans sa chambre et dans notre chapelle... Oh ! je sais : pour vous comme pour moi, il est une sorte d'ombre à Maillebois. Il sera également une ombre sous le froc de bure… Sans doute, si Bernardet avait vécu, serait-il devenu différent. Souvenez-vous comme il montait parfaitement à cheval. Vous lui en faisiez compliment…

D'un geste – d'émotion ou d'agacement –, Floris éloigna ces considérations : elles assombrissaient son retour.

Une fois assis devant une écuellée de panais accommodés aux lardons et sans souci que son épouse fût ou non intéressée, il se mit à décrire la Chevalerie aux Lis, pour une fois devenue piétaille, armée de ses lances écourtées, marchant et courant sur la pente au sommet de laquelle les Anglais l'attendaient « comme ceux de Crécy », sauf que cette fois, les chevaux – ou fort peu – n'exposaient pas leur vie. Il narra les froussements des vols de sagettes, les sifflements ignobles des carreaux de toute sorte, les tressaillements des hommes transpercés malgré les mailles et les plates (1) qui eussent dû les protéger. Il décrivit avec complaisance les macules vermillonnées sur les fers fourbis le matin même et pour lui comme pour le roi, l'humiliation suprême : le don de Tranchelionne, son épée, à Malcolm Ashley ahuri de l'avoir vaincu.

— Figurez-vous que je l'avais pris tout d'abord pour Robert Knolles. Sa cotte était sanglante, lacérée, et j'ai cru

(1) Pièces qui composent une armure.

reconnaître ses armes : un chevron d'or chargé de trois trèfles… Mais qu'importe ! Voilà ma rançon payée. Je suis libre.

Il n'ajoutait pas : « *Grâce à vous.* » Le pensait-il seulement ? Il ajouta d'un ton souef (1) :

— Avez-vous vu Mahaut pendant ma longue absence ?

Tout l'édifice d'espérance que Yolande avait bâti jour après jour en son for intérieur et qui s'était consolidé à l'apparition d'un Floris apparemment assagi, s'écroula sous cet unique coup de boutoir. La déception qu'il venait de provoquer délibérément dans une âme et un cœur blessés, prêts à pardonner les errements de naguère, serait inguérissable.

— Elle a dû savoir que j'étais vivant… Ne serait-ce que par Colebret… A-t-elle été avisée de ma revenue ?…Vous eussiez pu la croiser…

Plutôt que d'exprimer sa gratitude, il s'inquiétait pour cette gaupe !

— Je ne l'ai point vue. Je ne m'en suis jamais souciée.

Floris tournait sa cuiller dans son écuelle demi-vide. Tout à coup, son visage semblait celui d'un vieil enfant indûment privé d'une friandise.

— Vous eussiez dû…

Quelque chose gronda dans la gorge de Yolande. Son espérance – d'ailleurs insensée, elle en convenait – se consuma dans les braises d'une enragerie dont elle parvint à étouffer les effets. Pour avoir cru – médiocrement – à une

(1) Souef : doux.

nouvelle aurore conjugale, elle sombrait dans un crépuscule de sentiments où l'ancienne méchanceté née de l'infidélité de Floris reprenait son essor et grandissait, irrésistible. Une inconcevable lassitude plombait ses membres. Son imagination en léthargie depuis longtemps lui réimposait, comme aux premiers jours de son infortune, l'image insoutenable de Floris et de Mahaut enlacés. Elle allait donc à nouveau connaître la vergogne aussi bien devant lui qu'en présence de leurs amis. Se dire, lors des absences de son mari : « *Où est-il ? – Avec elle, bien sûr.* » Se demander : « *Que se disent-ils ? – Des mots d'amour, évidemment.* » S'interroger plus souvent que nécessaire : « *Que font-ils ?* » Question humiliante qui la verrouillerait dans ses intentions corrosives lorsqu'elle imaginerait leurs émois, leurs attouchements, leurs soupirs et *le reste*.

Elle craignit que Floris ne pressentît la violence qui l'agitait. Elle avait envie de pleurer, de rugir comme une tigresse blessée. A peine était-il revenu que les affres du divorce la ressaisissaient tout entière. Ses ongles pointus endolorissaient ses paumes, car c'était bien une rage animale contre le cours d'une vie en partie ruinée qui la replaçait au même endroit que dix mois plus tôt quand cet homme qui, maintenant, réemplissait sereinement son écuelle, lui avait signifié d'accepter le divorce afin qu'il pût épouser l'*autre*.

Un regret macabre la prit : celui qu'il n'eût point, vaillamment ou non, succombé sur la pente de Maupertuis comme Bernardet sur celle du Val-aux-Clercs. Au moins toutes ses misères eussent été diluées dans un deuil qu'elle eût porté fièrement, ne fût-ce que pour défier Mahaut.

— Bien, dit-elle, toute envie de dialogue s'étant soudain tarie dans son cœur.

Elle ne put s'empêcher de penser à Béraud et plus précisément à ses conseils dans *leur* champ clos. Partant, elle évoqua cette singulière fusion entre son corps – dont Floris s'était moqué sans ambages – et sa volonté de « faire le mal » lorsqu'elle galopait, la lance en main, l'écu de fer et de bois contre son épaule senestre, devant l'écuyer prêt à soutenir un heurt dont, bien qu'il le subît, il admirait la violence. Ils en avaient rompu des lances ! Le Défiguré s'occupait d'en acquérir de nouvelles très loin de Maillebois afin que nul ne sût ce qu'ils préparaient. Pour obtenir ces hampes indispensables, elle avait puisé dans de secrètes économies amassées en vingt ans de mariage.

— Voulez-vous, Yolande, emplir mon hanap ?... Ce vin est bon. Adoncques vous avez réussi les vendanges.

En vérité, les vendanges avaient été bonnes. Le vin d'un rouge de rubis avait un goût agréable.

— Allez quérir un hanap ou un gobelet et portons-nous la santé.

La santé ! Tout en refusant de la tête, Yolande se promit d'être bientôt l'incarnation de la méchanceté, à tout le moins de la vengeance. Elle, la pieuse, fut « aux anges » lorsque Floris décida d'une voix dont la fermeté célait peut-être une menace :

— Nous ferons ces joutes dont je vous ai parlé avant mes malaventures. J'en serai l'appelant (1).

(1) L'organisateur.

Il se gardait de souligner « que cela vous plaise ou non », mais son dos s'était dressé entre les roquillards (1) de sa cathèdre et ses sourcils s'étaient froncés.

— Certes, dit-elle, le regard fixé sur une épaule fragile encore, qu'un écu solidement disposé contre le plastron de fer de l'armure ne pourrait protéger longtemps. Mais je dois vous dire, si vous ne l'imaginez, que nous sommes appauvris. Votre rançon...

— Je sais, je sais, dit-il en repoussant, repu, son écuelle.

C'était donc l'offenser que de parler argent.

— Nous ferons planter les échafauds dans le grand pré entre la forêt et nos murailles... Je ferai publier que cette fête d'armes aura lieu le troisième dimanche de juin. J'en ai entretenu mes amis sur la nef qui nous menait à Calais.

Il ne manquait plus qu'il se frottât les mains. Intimement avertie que Floris était en train de commencer un acte qui pourrait le perdre dans l'esprit et le cœur de Mahaut – si elle en avait un – Yolande affecta d'être de connivence.

— Soit, dit-elle avec un enjouement si faux que le sang lui monta aux joues. Qui prendrez-vous pour héraut (2) ?

Elle redoutait que ce fût Béraud avec lequel elle allait devoir rompre toutes leurs rencontres matinales. Floris, depuis longtemps sans doute, avait à ce sujet son idée :

— Ce sera Jovelin, dit-il. Le frère de Mansion du Boullay. Les Goddons, lui aussi, l'avaient pris en otage.

(1) Forme d'enroulement sculpté qui caractérise le haut des dossiers de certains sièges.
(2) Le héraut d'armes avait en charge tous les détails du cérémonial et partait prévenir des joutes tous les seigneurs susceptibles d'y prendre part.

Jovelin ! Il avait vingt ans, une voix de crécelle et la prétention d'un jars. Mais à quoi bon discuter avec un prud'homme de la trempe de Floris !

— Soit, dit-elle sans amertume tant l'inepte choix d'un héraut de cette espèce l'incitait à la gaieté après tant de déceptions. Agissez à votre gré. Vous êtes revenu et vous êtes le maître.

Il acquiesça silencieusement, repoussa derechef son écuelle et se leva. Yolande sentit sur elle des prunelles fureteuses, troublées peut-être comme si elles s'étaient apprêtées à une découverte sinon à une confirmation dont elles étaient privées.

— Vous me paraissez mieux, femme, qu'à mon départ pour l'ost.

Elle considéra comme un compliment cette phrase inopinée, assourdie par une sorte de bénignité dépourvue d'affectation.

— J'ai fait en sorte de veiller à toutes choses, céans. Je ne pouvais me morfondre à longueur de jour dans ma chambre en attendant votre revenue. Chaque matin, j'allais galoper sur Facebelle ou l'un ou l'autre des chevaux que vous aviez laissés afin de les maintenir en état.

— Les roncins n'aiment pas les femmes.

— Eh bien, j'ai fait démentir cette antienne... J'ai achevé ma tapisserie. Entre mes aiguillées, je veillais sur nos gens, nos terres... et je priais pour votre sauvegarde.

Floris parut se recueillir. Yolande le devina envahi par un sentiment d'attente qu'une sorte d'impatience, peut-être, traversait.

— Nous avons échangé, dit-il, quelques mots aigres. Je reconnais que c'est ma faute... Allons, sachons raison garder !

Yolande se sentit saisie aux épaules. Elle ferma les yeux espérant un baiser de paix doublé d'un baiser d'époux aimant et repentant. Une bouche froide effleura les commissures de ses lèvres. Ce fut tout.

Le soir vint sans qu'elle eût revu Floris. Au souper, face à face par-delà le long plateau de la table, il fut courtois autant qu'il pouvait l'être quand il se forçait un tantinet. Il raconta une fois encore la bataille où ses hommes avaient péri. Il insista sur l'aide que lui avait apportée, dans la mêlée, un jeunet en haubergeon de mailles. Il avait retenu son nom : Castelreng. Le malheureux avait reçu une sagette dans le dos. Il avait eu la force de sauter sur un cheval et de fuir. Puis abruptement, Floris s'enquit :

— Ma chambre est-elle prête ?

Craignait-il qu'elle ne l'accueillît dans la sienne ou bien, par le biais d'une insinuation, lui signifiait-il que rien ne différait d'autrefois et de ses intentions de divorce ?

— Berthe a préparé votre lit.

Ils étaient debout. Une fois encore, Yolande fut saisie aux épaules. Elle chercha les yeux de son mari, or, c'était lui, maintenant, qui fermait les siens.

Il effleura de ses lèvres la bouche offerte, si fugacement que sans doute celle de Mahaut s'était imposée à sa mémoire.

Ils se séparèrent sur le palier où leurs chambres se faisaient face et semblaient se défier. Aucun d'eux ne prit l'initiative d'un « *Bonne nuit* » insincère.

Sitôt seule, Yolande ne verrouilla pas sa porte. Une sorte d'émoi tenace et inattendu la prit tandis qu'à la lueur d'une chandelle allumée depuis longtemps par Berthe, et posée au chevet de son lit, sur sa table à ouvrage, elle se séparait de ses vêtements, procédait à ses ablutions et brossait ses cheveux avec une application inaccoutumée, cessant parfois pour écouter les bruits du donjon ensommeillé. Sa nudité la brûlait comme à ses treize ans lorsqu'elle était devenue femme. Aux prémices d'un plaisir mort depuis longtemps et susceptible de ressusciter si Floris apparaissait, se mêla une sorte d'anxiété charnelle qui ne cessa de s'aviver tandis qu'elle entendait, dans la pièce voisine, les pas de son époux sur le dallage indiscret.

« Il n'a pas encore ôté ses heuses. Il est toujours tout vêtu. »

Nue dans les draps, éminemment disponible, elle remua, remua sans trêve, imbibant le lin fripé sous son corps d'une sueur qui finit par moitir sa couche et rendre ce contact insupportable.

« Qu'il vienne ! Qu'il vienne et m'étreigne ! Je lui pardonnerai tout. »

Mais les remuements de l'indifférent cessèrent. La nuit prit possession de Maillebois et seule la petite flamme pointue du luminaire combattit les ténèbres.

« Viendra-t-il ? L'envie d'amour doit le tourmenter aussi après tant de mois de jeûne... N'ose-t-il pas venir à cause de notre discorde passée ? Dois-je accomplir les premiers pas ? »

Béraud lui avait enseigné, inculqué la vaillance. Il lui avait appris involontairement qu'elle pouvait être fière d'un corps sur lequel son esprit régnait sans faiblesse. Il lui avait prouvé qu'un échec quel qu'il fût n'était point humiliant dès l'instant qu'on était dans son bon droit, qu'on saurait en tirer les leçons et que l'espérance d'une revanche ne pouvait que stimuler le goût de la réussite.

« Alors ?... Où as-tu mis ton courage ? »

Aucun désir n'était plus légitime que celui qui la tourmentait. Elle ne se sentait en rien coupable – « Coupable de quoi, Seigneur ? » – d'aller solliciter son mari pour une étreinte qui les eût réconciliés. Peut-être attendait-il sa visite avec la même anxiété que celle qu'elle éprouvait. Non : elle déraisonnait. Il ne l'avait guère épargnée depuis son retour à Maillebois. Elle ne serait plus sa victime : cette nuit, elle mettrait un terme heureux ou malheureux aux ambiguïtés dont elle souffrait depuis la réapparition de Floris !

Elle se leva, gênée mais résolue à mener à bien ou à mal ce qu'elle allait entreprendre, plus circonspecte que sereine, le cœur fou mais le visage empreint, du moins le croyait-elle, de la dignité la plus seyante à une épouse qui souhaitait pactiser avec son mari.

Une fois sur le palier, devant la porte dont la chandelle haut levée réveillait dans leurs niches des saints et des chevaliers pas plus hauts qu'une longueur de main, Yolande hésita.

« Il va me rabrouer, me traiter de... »

De *quoi* ? Les personnages de bois lui parurent soudain assemblés en un tribunal décidé à la condamner par avance. Or, appuyant son pouce sur le poussoir de la serrure, la clenche, de l'autre côté de la porte, demeura immobile, condamnée de l'intérieur.

Floris s'était verrouillé.

Elle eût pu signaler sa présence en toquant l'ais de chêne de l'index, voire en le frappant désespérément du poing. Elle eût pu dire : « Ouvrez, je vous en prie » et même, d'une voix pleurarde : « Ouvrez-moi par pitié ! » Elle n'eût réussi qu'à s'humilier.

Le froid des dalles lui montait aux jarrets. Elle fit demi-tour et regagna son refuge. Là, elle hésita à s'agenouiller devant le petit autel où chaque matin, à son lever, elle faisait ses dévotions. Elle atermoya pour demander au petit Crucifié de bronze, qui tant de fois avait ouï ses appels et ses doléances, pourquoi Il s'était abstenu de l'aider. Pourquoi elle avait dû subir une mortification aussi terrible qu'un coup de dague.

« Je n'ai rien, Seigneur, d'une fille follieuse. Vous le savez mieux que quiconque... Quel sacrilège ai-je commis pour que vous m'abandonniez ainsi ? »

Allait-il falloir qu'elle se privât pour toujours des plaisirs inséparables de la féminité alors que Mahaut en jouirait sans mesure ? Devrait-elle désormais renoncer à satisfaire, fût-ce modérément, cette ardeur qui la triboulait encore ?... Non ! Elle ne devait mépriser ni son corps en feu ni le désir effréné qui venait de la brûler de haut en bas et dont les flammes ne se consumaient point. Fallait-il qu'elle méprisât cette tentation légitime ? Après tant de semaines d'esseulement, Floris aurait dû être disposé à la recevoir dans ses bras, même pour une seule nuit. Et moins encore.

Allait-elle devoir revivre une existence plate, stérile, alors qu'une autre profiterait de Floris à satiété ? D'où viendrait le salut ? Elle avait vécu dix mois d'illusion en illusion. Devrait-elle éprouver les mêmes affronts que naguère ? En d'autres termes, lui faudrait-il choisir contre Floris et contre Mahaut, entre la résignation et la bataille ?

Ses yeux touchèrent le visage du Crucifié. Elle le baisa avec plus de tendresse et d'espérance que de religiosité.

« Désapprouvez-vous aussi, Seigneur, mon intention de me revancher ? »

Elle se leva, reposa la Croix entre les chandeliers de cuivre vides qui, pour elle, simulaient les colonnes d'un temple. Elle se signa brièvement et marcha vers son lit.

Elle dormit d'un sommeil paisible. Au matin, devant l'écurie, elle dit à Béraud :

— Maintenant qu'*il* est là, ce sera difficile.

C'était laconique et précis.

— Ne craignez rien, dame. Vous avez été une élève parfaite. Que viennent les joutes dont il s'est empressé de m'entretenir avant de partir pour Boigneville, soyez assurée que vous y ferez merveille.

Son œil brillait comme imbibé de l'or du soleil. Il se tenait droit, les bras croisés, grand seigneur malgré sa disgrâce. Elle lui sourit comme à un complice. Et plus encore.

VII

Les joutes de Maillebois eurent lieu le dimanche 19 juin 1357 dans l'après-midi. Elles réunirent trente chevaliers du Perche, de la Champagne, Bourgogne, Picardie, et un concurrent de l'Orléanais qui, dit-il, cheminait vers les Allemagnes. Il se nommait Arthur de Chaingy. Son écu guilloché par les coups de rochet portait : *d'argent au cœur enflammé de gueules.*

Après consultation de l'Armorial, les juges déclarèrent l'impétrant bon pour courir des lances. Sitôt qu'il eut été accepté, cet homme jeune, glabre, au teint hâlé partit avec son écuyer planter sa tente sur le seuil de la colline au cerf.

— Il est... étrange, confia Yolande à Béraud exclu de toute besogne et auquel Floris avait enjoint de ne pas se montrer.

— Étrange ? Non, dame. C'est un ami que j'ai rencontré à Dreux, il y a quelques semaines. C'est à moi que revient sa présence à Maillebois. Il vous faudra le rejoindre. Il possède, dans les fardelles de son sommier (1) une armure

(1) *Fardelles* : sacs. *Sommier* : bête de somme.

qui doit vous convenir. Son écuyer, Petiton, vous prêtera son cheval. Arthur est bien de l'Orléanais. Ses armes ne sont point à enquerre (1) comme les juges le supposaient. Nous avons tout pourpensé (2). A vous de saisir l'occasion d'accomplir votre vengeance.

— Et s'il n'était pas venu ?

— Jamais, dame, je ne vous aurais laissée dans l'embarras. J'aurais trouvé un autre moyen de sauvegarder votre honneur. Dieu sait pourvoir à nos besoins lorsqu'ils sont justifiés.

Le Défiguré ne parlait plus de victoire mais de sauvegarde. Il ajouta dans un grommellement que Yolande ne lui connaissait pas :

— Mahaut est présente en votre château depuis ce matin. Autant dire que votre époux vous a oubliée. Allez vous vêtir en homme et gare à vos cheveux ! Assemblez-les sous une aumusse ou un chaperon. Ensuite, faites un détour par le chemin de Blévy... Craignez qu'on ne vous y aperçoive... Vous contournerez la butte, traverserez de biais le bois sous son couvert et rejoindrez ainsi, sans être vue, le pavillon de mon ami. Je vous y retrouverai et vous aiderai à vous adouber (3).

Yolande hésita. La gageure pouvait-elle être évitée ? Si Floris ne lui avait point fait reproche d'être désembellie, jamais elle n'eût songé à se venger de cet affront en s'aventurant dans une emprise (4) aussi cruelle qu'incertaine.

(1) Armoiries présentant une singularité à éclaircir.
(2) *Pourpenser* : méditer, préparer une action.
(3) « à endosser votre armure ».
(4) Entreprise.

Autant il s'était éloigné d'elle pour la perdre d'amour, autant elle fondrait sur lui pour le perdre de réputation. A cette idée d'une course terrible, sa détermination un moment chancelante reprit ses aises et s'envigoura. Derechef elle se sentit capable de le vaincre : en affermissant jour après jour et par tous les temps ses muscles et sa tenue en selle, elle n'avait nullement poursuivi de chimère. Bientôt le grand dessein et la réalité coïncideraient. Elle serait Tristan, Lancelot, Perceval, Gauvain, voire Mordred. Elle se montrerait digne de Béraud.

— Soit, dit-elle, mi-résignée mi-résolue à entreprendre sa vengeance jusqu'à son terme heureux ou malheureux. Vous n'avez jamais douté de moi. Je n'ai jamais douté de vos enseignements. Je ferai tout ce que vous voudrez.

— Pas tout, dame, bredouilla Béraud en s'éloignant de quelques pas, de sorte qu'on eût dit que le cuir qui le protégeait embrasait son visage et pouvait enflammer celui de son élève. Pas tout !... Mais votre confiance est un baume sur le malheur qui m'a frappé.

— Votre dévouement, mon ami, et votre bonté, suffisent à donner du plaisir à ma vie.

C'était, dans l'abandon de leur cœur, le dernier accès sinon le dernier excès de sincérité qu'ils pussent se permettre.

Yolande s'éloigna sans précipitation. Nul ne la verrait si, pour quitter Maillebois, elle passait par la poterne qui, à l'opposé des tours portières, s'ouvrait sur une douve sèche envahie de broussailles. Une fois la contrescarpe franchie, elle atteindrait le chemin que lui avait conseillé l'écuyer. Sans même avoir à courber l'échine, elle gagnerait le pavillon d'Arthur de Chaingy. Une bannière ventilait au-dessus de cet éphémère logis de toile composé de larges bandes noires et rouges : les ténèbres et le sang. Devant, tel un gros hanneton immobile, miroitait ce qui ne pouvait être qu'une armure. Celle qui lui était destinée.

* *
*

Ces joutes, Floris se désespérait qu'elles dussent être sans grand bobant (1). En accueillant les participants dont la plupart étaient arrivés l'avant-veille, il avait justifié leur absence d'apparat par le grand état de tristesse qui, depuis Poitiers, assombrissait son esprit du fait de la captivité du roi Jean. Or, nul n'ignorait que sa rançon avait détérioré sa fortune.

« Si Mahaut en est prévenue et si elle tient toujours à lui », se disait Yolande, « c'est qu'elle espère qu'il m'exclura d'une façon ou d'une autre de Maillebois et qu'elle en prendra possession. Dieu ne le lui permettra pas ! »

L'échafaud des dames pouvait seul passer pour une bâtisse ostentatoire. Couvert de draps en guise de velum et adorné de tapisseries, il semblait extrait d'un livre d'heures. Yolande avait refusé que Floris y fît suspendre son ouvrage. Il s'était résigné sans mot dire. Depuis, comme naguère lors des liesses et des festins, il l'ignorait sans deviner qu'il la comblait d'aise.

(1) Sans cérémonie. *Bobant* : pompe, apparat.

L'ambon réservé aux nobles non joueurs et aux bourgeois était des plus simple. Ils ne s'en plaignaient pas, bien qu'ils eussent le soleil dans l'œil. Quant aux cinq cents manants et loudiers (1) assemblés autour de la lice et présents depuis le matin, ils avaient mangé, bu et chanté. En attendant le commencement de la fête d'armes, certains étaient allés se coucher à l'ombre des rares boqueteaux qui parsemaient la campagne et formaient une sorte d'avant-garde feuillue à la Butte-au-Cerf.

En traversant le tinel du donjon pour descendre à la poterne, Yolande croisa Olivier de retour à Maillebois depuis une semaine, à la demande de Floris. Elle ne l'avait vu qu'aux repas, toujours silencieux et tristes.

— Vous n'êtes pas cointe ! Vous ne vous êtes point acesmée (2), mère ! s'étonna-t-il. Et je vous vois vêtue en homme comme lorsque vous allez galoper en champagne !

Il semblait moins indigné qu'ébahi.

— J'ai besoin d'aisance dans mes mouvements. Ces joutes me tournent un tantinet la tête.

Qu'elle se fût ainsi justifiée ne parut guère surprendre son fils. Déjà rare et avaricieux d'ordinaire, le sourire qu'il lui adressait n'était plus le même. Une sorte de bénignité ou de miséricorde y flottait.

— Allez vélocement vous vêtir !... C'est un jour où il vous faut être à votre avantage... Voyez : j'ai fait de mon mieux.

(1) Paysans.
(2) « Vous n'êtes pas élégamment habillée ! Vous n'êtes point parée ! »

Pour complaire à Floris, il avait troqué son hoqueton de bure contre un pourpoint en velours de Gênes de couleur pourpre. Des chausses de lin brunes et des estiveaux – ces bottes légères qui ne se portaient que l'été – révélaient des jambes fermes et musclées. Il était nu-tête. Les cheveux bruns qui obombraient ses joues lui composaient un visage tellement plus proche de celui d'une jouvencelle que d'un adolescent qu'on l'eût certainement comparé à un archange s'il avait choisi, comme Floris et Bernardet, d'exercer le métier des armes. Hélas ! cette belle chevelure tomberait bientôt. Une tonsure enlaidirait le peu qui en subsisterait.

— Tu es beau, dit Yolande avec une familiarité qui les confondit l'un et l'autre. Je connais sur les bancs quelques pucelles qui auront regret, si elles ne le savent, d'apprendre quelle destinée tu vas embrasser.

Beau, c'était l'évidence. Une présence radieuse qui semblait intercepter à son seul profit les feux du dehors versés par quatre archères haut placées. Une physionomie pure parce que détachée de tout, et que la dévotion avait peut-être embellie. Avant que les jeux arides du dehors eussent commencé, Olivier personnifiait la sagesse, la bénignité, la sérénité. Il était bien tel qu'elle l'avait imaginé de loin en loin, penché sur des parchemins, des palimpsestes et de gros livres lourds d'écritures et d'enluminures. Sa longue attente ne l'avait point abusée : il était à Maillebois, donc chez lui... mais pour si peu de temps !

— Lorsqu'il est venu me chercher, hourdé (1) par

(1) Escorté.

Andrieu et Gillebert, Père m'a entretenu de ces joutes... et de Mahaut de Boigneville.

— C'est vrai qu'il tenait à ta présence. Mais qu'il t'ait parlé de Mahaut m'indigne… Quelle est ton opinion sur elle ?

Un froncement des sourcils parut révéler une espèce de gêne ou d'aversion, mais Olivier ne révélerait point sa pensée : il ne pouvait concevoir d'être méchant.

— Ne divorcez point, Mère !

Quoique formulée à voix basse, l'adjuration ne manquait point de véhémence. Yolande, rassérénée, sourit :

— Tu sais bien que je n'en ai jamais eu l'intention. Pour qu'ils vivent ensemble céans, il faudrait que je meure.

— N'y pensez pas !... Maillebois est vôtre. Songez à le conserver.

Au cours des ans, un mur compact s'était élevé entre eux. Qui l'avait érigé ? Elle ? Lui ? Qu'importait ! Sur les décombres d'une réserve qu'ils regrettaient soudain, Olivier se révélait sensible à l'inquiétude d'une mère outragée. Yolande fut conquise par l'impression de grâce et de force inaltérables que dégageait ce damoiseau qui ne lui appartenait plus : sa chair, son sang.

— Pourquoi ne restes-tu pas céans ? Tu es notre seul hoir [1]. Ta présence pourrait retenir ton père sur la pente où il s'est fourvoyé.

Olivier serra les dents. Yolande le sentit fermement accroché à cette piété tenace à laquelle il abreuvait un esprit vierge, lui, de toute ardeur maligne.

[1] Héritier.

— Je partirai demain, dit-il avec douceur. Mais avant, Mère, je lui parlerai. Je lui dirai de renoncer à divorcer d'avec vous.

Dans ses yeux d'un bleu profond – un bleu de vitrail – miroita une lueur dont Yolande ne put évaluer la tristesse.

— Demain, Mère. Ces joutes ne me sont d'aucun intérêt. Père et Béraud ont insisté séparément pour que j'en sois... hors de la lice. Je ne suis venu à Maillebois que pour vous voir une dernière fois.

Elle eût voulu l'étreindre. Or, pouvait-elle embrasser un saint même si elle l'avait engendré ?

Elle se mit à trembler sous les heurts d'une douleur imprévue. Si elle doutait encore de perdre Floris, l'éternelle séparation d'avec Olivier la pénétrait d'une déception vertigineuse. Une sorte de froid pétrifia son cœur tandis qu'un ruisselet glaçait son dos des épaules aux reins. Elle fit un geste vers son puîné. Las ! déjà délivré de toutes ses attaches, il marchait vers le seuil du donjon au-delà duquel des rumeurs naissaient, mouraient et ressuscitaient.

« Reste ! Reste !... Je n'ai plus que toi et tu le sais !... Un moutier n'est rien d'autre qu'une grande sépulture... »

Déjà, il était dans la cour. Il franchissait le seuil de Maillebois par la porte piétonne et se dirigeait lentement vers le tref (1) où Floris s'apprêtait, aidé sans doute par Gillebert et Andrieu.

« Va, Yolande !... Revanche-toi, même devant Olivier. »

Elle s'apitoierait une autre fois sur son sort. Elle devait

(1) Tente conique.

se montrer hardie et résolue. Dominer Floris. Affronter la chaleur de ce dimanche en craignant simplement qu'elle ne devînt plus lourde. Gagner vélocement le pavillon d'Arthur de Chaingy, s'y réfugier puis, une fois fervêtue, attendre le moment de se hisser en selle pour descendre au petit trot la pente de la Butte-au-Cerf et paraître sur le Champ de Vérité inexorablement décidée à vaincre l'infidèle et à ruiner, ce faisant, la jubilation d'une présomptueuse.

VIII

Immobile dans l'ombre des arbres, Béraud l'attendait en lisière de la forêt. Tandis qu'il la menait au pavillon de Chaingy, il désigna, au passage, le plus gros des chevaux couvert d'un houssement de satanin gris, fripé mais propre, très ouvert au poitrail et assez court, de sorte que ses jambes apparaissaient jusqu'au-dessus des genoux.

— Il courra mieux ainsi, dit Chaingy en apparaissant flanqué de son écuyer, Petiton de Tigy, presque un jouvenceau.

Il ajouta, les présentations faites, en frottant le chanfrein du cheval dont l'œil noir cilla jusqu'à ce que la caresse eût cessé :

— Nous attendrons le bon moment pour lui mettre sa selle et ses lormeries (1).

— Il se nomme Ajax et m'appartient, dit Petiton.

— Le mien a nom Fébus, dit Chaingy. Je l'ai baptisé ainsi parce qu'il a les crins blonds alors qu'il est blanc de la tête à la queue. Nous échangeons parfois nos coursiers,

(1) Le mors et tous les accessoires du harnais du cheval.

de sorte qu'Ajax ne verra aucun inconvénient à vous porter, dame, lorsque vous serez en armure... d'autant plus que ce sera celle de mon écuyer qui, selon Béraud, convient à votre taille... Vous savez que les roncins, destriers et palefrois n'aiment point les femmes, mais, outre qu'Ajax se méprendra, Béraud m'a dit que vous êtes bonne chevaleresse.

« Voire », songea Yolande.

De toute façon, elle ne pouvait plus renoncer. Arthur de Chaingy essaya de la rassurer :

— Dites-vous, dame, que le peu qui subsiste de la stérile fureur des chevaliers présents à Poitiers, – j'y étais –, oui, dites-vous qu'elle s'éteindra dans la lice de Maillebois. Ils sont venus honorer votre mari de leur présence, mais aussi dans l'intention de trouver dans les courses qu'ils fourniront une sorte de compensation à leur déconfiture. Ils vont se bouter follement, méchamment. Votre Floris le sait. Il paraît qu'il va prendre pour se vêtir et s'adouber des précautions comme oncques n'en vit.

Chaingy était plus renseigné qu'elle-même. Elle voyait si peu celui qui restait son époux.

— Il tient à protéger son épaule senestre, dit Béraud. Il aura recours à l'aide de Gillebert et d'Andrieu. Comme vous le savez : il m'ignore.

Pour une fois, il n'en était point marri.

— Il paraît qu'il est fort bon jouteur, dit Petiton de Tigy.

Béraud acquiesça puis, tourné vers Yolande :

— S'il a vaincu ses contendants, vous le pourrez aller défier en vous faisant passer pour Arthur. Les juges verront votre targe armoriée... Vous toucherez de votre lance l'un des écus aux armes de votre époux en montre à l'un des mâts de l'échafaud des dames.

— Je sais, dit Yolande. J'ai assisté à maints pardons d'armes.

— Si la renommée de cette journée est échue à un autre, poursuivit Béraud, renoncez à exposer votre corps et certainement votre vie au rochet d'un chevalier qui ne vous a point offensée.

— Comment saurai-je si le champion de cette journée est Floris ou un autre ? Il me faudra bien approcher de la lice et m'exposer aux regards...

— Je serai présent au bord du champ clos et m'en éloignerai de quelques pas en vous voyant paraître. S'il s'agit de votre époux et s'il n'y a plus personne pour le challenger, comme disent les Goddons, j'agiterai ce volet.

Le Défiguré tira de son pourpoint un voile blanc, boulé, qu'il étendit sur l'herbe afin qu'on ne l'entrevît point de Maillebois.

— Mais, ajouta-t-il, tout peut se passer différemment. Ce qui importe, c'est que vous puissiez vous venger.

— Ce volet m'appartient, dit Yolande. Je croyais l'avoir perdu il y a bien deux ans !

L'œil de Béraud n'exprima qu'une sorte de fierté :

— Je vous l'ai robé. Il me fallait posséder quelque chose de vous... Quelque chose qui vous avait touchée...

Yolande eût pu s'ébaudir ou se courroucer. Elle dit simplement :

— Je suis bien aise qu'il soit vôtre.

IX

Il fallut patienter.

Au seuil de la forêt, la chaleur absorbée par les arbres se délestait de sa sévérité. En bas, si les spectateurs étaient incommodés, les chevaliers devaient sentir sous leurs fers, en attendant de s'ébahir de prime face, leur énergie se délayer dans leur sueur.

Yolande observait alternativement les jouteurs et le public. Cette liesse lui semblait moins gaie, moins noble que celles auxquelles elle avait participé à Maillebois et ailleurs. La lumière et les couleurs différaient des précédentes. Bien que lointains, les rires toujours brefs se diluaient dans une rumeur qui en dénonçait la fausseté. Même les hennissements des destriers que l'on harnachait prenaient une signification extrême : on eût dit qu'ils s'apprêtaient à fournir des courses mortelles moins pour eux que pour leurs seigneurs. Quelques affrontements tourneraient-ils à la tragédie ? Des pleurs et des hurlements de souffrance assombriraient-ils bientôt cette gaieté d'où sourdait une sorte d'angoisse ?

Elle se sentait l'âme nette, quiète, pondérée. Ces effluves de vie ou de mort latente, s'ils l'atteignaient, ne la troublaient point. Plutôt que de s'apeurer, elle recevait de ces ardeurs faibles encore un complément de volonté, un surcroît de plénitude.

« Je lui ferai mal... Moult mal !... Ma plaisance serait de le bouter hors des arçons... Si j'y parviens, les gens se lèveront et crieront omniement (1) tandis qu'il gésira dans l'herbe... Décep-tion !... Il se peut que Mahaut se courrouce au lieu que de le plaindre. »

Elle s'efforçait de ne pas trembler devant les trois hommes acquis à sa cause et dont elle eût aimé connaître la teneur des propos chuchotés. Cet Arthur de Chaingy et son écuyer la prenaient-ils pour une falourdeuse (2) ? Béraud réprouvait-il leur jugement ? Bien que balançant entre l'angoisse et la tranquillité, le doute et l'espérance, elle se savait prête à jouter « *au moins une fois* ». Jour après jour, au cœur de la forêt-au-cerf et ce jusqu'au retour de Floris, elle avait appris les subtilités de ce jeu violent qui ne l'avait jamais passionnée, même lorsque son époux, alors aimant et fidèle, y prenait part glorieusement. Elle savait désormais comment exaspérer, donc distraire son contendant, comment laisser reposer au sol le talon de sa lance avant que d'empoigner celle-ci promptement et vigoureusement au moment de la charge ; comment guider son cheval afin que sa trajectoire fût aisée, véloce, efficace. Elle se savait prête, la tête froide, la dextre solide et le poignet ferme. Peu

(1) Tous ensemble.
(2) *Falourdeur* : prétentieux.

importait qu'elle devînt la première femme à charger le long d'une barrière, la lance bien attrempée (1), le rochet miroitant au-delà de l'oreille d'un destrier acquis, lui aussi, à sa cause : en agissant ainsi, elle montrerait la voie à d'autres.

En bas, les courses venaient de commencer. Yolande entendit la voix pointue du héraut crier les noms des adversaires, le grondement des galops du premier échange, le heurtement des rochets sur les écus et les hurlements de la foule.

Béraud s'approcha, l'œil vif au-dessus de son visage de cuir, le front moite d'une sueur qui n'était pas exclusivement due aux feux du ciel :

— Dame, il est temps de revêtir votre harnois.

**
**

Dans la pénombre du pavillon, Yolande se prêta au rite de l'adoubement.

Elle se ceignit tout d'abord d'une ceinture percée d'œillets de fer. Ensuite, Béraud lui arma les jambes : ses pieds furent couverts par des solerets à l'extrémité pointue. Vint, au-dessus, la pose des jambières que l'écuyer boucla par leurs courroies aux jarrets et aux cuisses et dont il renforça la tenue au corps et la solidité par des aiguillettes qui joignirent, à travers les passants, le haut des cuissots à la ceinture primitivement ceinte.

(1) La lance bien ajustée.

Ensuite, Yolande enfila par les épaules un jupon de mailles. Béraud l'assujettit à sa taille avant qu'elle endossât sur son pourpoint une épaisse chemise courte et capitonnée de coton et de filasse, corsetée de cuir de la poitrine au ventre, renforcée de brassières épaisses des coudes aux épaules.

— Ployez vos jambes.

Yolande obéit : les genouillères ne la gênaient point. On les eût dites gironnées pour elle.

Vint le tour du plastron busqué, en forme de bréchet, en *cosse de pois*, selon l'expression consacrée. L'écuyer le fixa solidement à la dossière par des sangles de cuir assoupli à l'axonge. Alors, Yolande passa ses bras dans les canons qui les protégeraient. Les épaulières en étaient dissymétriques, celle de gauche étant la plus grande en raison de la position occupée par le jouteur au galop, la lance en arrêt, et portant, sous le bouclier, toute la partie vulnérable de son corps en avant (1).

Elle plia ses bras et sentit sous ses coudes, à travers l'épaisseur de son vêtement de dessous, les creux solides des cubitières.

— Bien, Béraud... Fort bien !

L'écuyer lui passa les gants de prise formés de mailles cousues sur une toile, au-dessus, et de cuir souple au-dessous. Les poignets en étaient prolongés, jusqu'à mi-longueur des avant-bras, par des mailles que trois tuilots de fer longs, minces, et rivés à celles-ci maintenaient en place. Yolande les enfila. Une moue déforma sa bouche :

(1) Il faut environ 3/4 d'heure, parfois davantage pour revêtir une armure.

— Ils ne conviennent pas : mes mains sont trop petites.

— Eh bien, dit Arthur de Chaingy, nous allons remédier à cet inconvénient.

Il s'éloigna et revint bientôt, serrant dans ses paumes une poignée de mousse arrachée sous les arbres. Il se mit à bourrer les creux réservés à l'extrémité des doigts.

— Et maintenant ? dit-il en offrant un gantelet à Yolande.

Elle l'essaya et sourit :

— Faites-en autant pour l'autre.

Puis, tournée vers Béraud :

— Tout me paraît conforme à nos desseins.

Le Défiguré acquiesça. Bien qu'il eût éprouvé un plaisir évident à la vêtir, il s'était efforcé de ne point trop toucher à ce corps de femme dont les vêtements masculins lui avaient révélé, jour après jour, matin après matin, ces formes pleines que Floris avait tant vilipendées.

— Vous êtes... commença-t-il.

— Belle ? suggéra Yolande.

— Ainsi que l'oriflamme au cœur des gonfanons.

Yolande trouva la comparaison outrée tout en la savourant comme une friandise.

— Vous êtes bon.

Ils imposèrent imprévisiblement une trêve à leurs propos, le temps que leur accointance déjà solide prît encore plus de texture et de poids.

— Robuste est mon corps, Béraud. Forte est ma volonté.

— Je ne saurais, dame, en disconvenir.

Ils s'étonnaient d'être là, sous ce pavillon de toile d'aspect médiocre, mais accueillant, et d'avoir accompli sans crainte aucune ce à quoi ils s'étaient préparés. Ils vivaient une fois encore, la dernière, en communion parfaite, et Floris eût hurlé au scandale en les surprenant face à face, unis par cette amitié singulière et bouteculant sans remords les coutumes et les principes en usage à l'entour de Maillebois.

— Il m'a trouvé grosse et laide.
— Il vous mentait !
— Ne vous triboulez point, dame, dit Arthur de Chaingy en frottant ses mains sur un reste de mousse. Vous êtes digne des meilleures louanges et j'envie Béraud qu'il vous serve.

L'écuyer se détourna. Sous son épiderme de cuir, il devait avoir rougi.

— Vous réussirez ! insista Chaingy. Votre homme aura la vindication (1) qu'il mérite.

Yolande approuva. Sans doute, parce qu'elle se tenait droite, immobile, l'armure ne lui pesait guère. Pour le moment, son unique inquiétude se limitait à la façon dont elle tiendrait son écu et sa lance. L'écu, Béraud lui avait assuré qu'il le placerait sur son corps de façon qu'elle résistât sans dommage au coup porté dessus. Mais la lance ? Le frêne d'une hampe pesait bon poids. Sa lourdeur s'aggraverait à chacune des foulées d'Ajax. Elle se sentait capable de l'utiliser convenablement une fois et doutait de récidiver si, ayant fait jeu égal avec Floris, les juges et celui-ci la contraignaient à fournir un second galop.

Il importait que son coup fût parfait, ferme sinon féroce ; qu'elle détruisît la superbe de son époux – quoi qu'il

(1) Vengeance.

advînt – devant Mahaut douloureusement ébahie. Alors, tandis que le vaincu remuerait à terre, incapable de se relever, gémissant peut-être, – et quelle joie si elle y parvenait ! – elle relèverait lentement sa visière devant la damerie merveillée, debout sur son échafaud et dans laquelle, au premier rang, Mahaut tomberait certainement en pâmoison.

— Les trompes sonnent à nouveau, dit Petiton de Tigy en apparaissant devant Ajax, tranquille. Je l'ai fait marcher dans la fraîcheur des arbres après lui avoir donné deux poignées de cévade (1).

— C'est, dit Béraud, la cinquième passe d'armes. Quand ils seront à dix, dame Yolande, je lacerai votre bassinet.

Ils voyaient à peine les chevaliers en lice : les pavillons dressés aux abords du champ clos leur dissimulaient les aires de départ et le milieu du pré. Peu importait d'ailleurs, pour Yolande, les mouvements, les affrontements et les couleurs. Elle s'imaginait en action. Elle voyait l'épaule certes cicatrisée de Floris qui se fragilisait de course en course, de percussion en percussion.

— Il est temps de la coiffer, suggéra Petiton.

Béraud posa sur la tête de Yolande la cale (2) blanche, épaisse, indispensable au port du bassinet. Elle en noua elle-même les jouées sous son menton et remua le cou, ensuite, afin de savoir si elle était à l'aise.

(1) Avoine.
(2) Sorte de bonnet qui pendait le long des joues et se nouait sous le menton. Cette coiffure, lorsqu'elle était légère, était portée indifféremment par les hommes et les femmes. On la nommait aussi *chaperon de bacinet*.

— Coiffez-moi.

L'ombre du bassinet noya son visage. C'était une défense à bec de passereau, sans cimier. Elle en releva la visière afin de respirer amplement : elle souffrirait bien assez tôt du manque d'air. Brièvement, certes ; le temps d'un galop de moins de trente toises (1). Elle savait qu'un émoi formidable l'étoufferait sous son dôme de fer parfaitement clos.

— Ah ! dame, s'extasia Petiton, quand je vous vois ainsi, c'est un régal pour moi de vous prêter cet habit de fer... et d'imaginer l'ébaubissement de votre époux lorsque, victorieuse, vous lèverez votre viaire (2) et qu'il vous reconnaîtra.

Au moyen d'aiguillettes de cuir, Béraud fixa la bavière et le tour du harnois de tête au colletin de l'armure percé de quelques trous. Après lui, Arthur de Chaingy vérifia si l'ensemble tenait bon.

— Je doute, dame Yolande, dit-il, que votre mari cherche à vous atteindre à la tête. Il en voudra à votre écu. Tâchez de toucher le sien avant qu'il ne heurte le vôtre. Et si votre lance se rompt, lâchez-la aussitôt, sans quoi vous vous retourneriez la main et le poignet et seriez à jamais infirme.

— Nul ne me connaît, dit Petiton. Je vous servirai d'écuyer et annoncerai qu'Arthur de Chaingy demande à s'essayer contre Floris de Maillebois... s'il est toujours en lice.

— Pourvu qu'il le soit, messires.

— Je descendrai seul, dit Béraud. Mon apparition n'ébahira personne puisque j'appartiens au château.

(1) Soixante mètres.
(2) Visière.

— Je prierai pour vous, dame, dit Petiton.

Yolande sourit au blondinet qui sans doute, n'ayant jamais jouté – sauf contre son maître – enviait son ose (1) et sa sérénité toute d'apparence.

Le damoiseau s'en fut chercher son cheval et posa sur son dos une selle aux cuirs dépourvus des parures si prisées des prud'hommes et dont les arçons, hauts et solides, garantissaient une bonne assiette. Ajax, que la chaleur ne semblait guère incommoder, ne bronchait point. Il se laissa sangler sous le houssement qui dissimulait son corps et parut se réjouir d'être prêt et comme endimanché.

— Votre écu... dit Petiton en offrant à l'audacieuse le bouclier au cœur de flamme.

— Attendez...

Yolande partit s'agenouiller au pied d'un chêne. Péniblement. L'armure, soudain, lui pesait. Elle arracha trois brins d'herbe et les mâchonna. Cette communion accomplie – où l'herbe remplaçait l'hostie –, elle revint auprès du cheval sans que Béraud l'eût aidée à se redresser.

— Vous êtes parfaite, lui dit-il.

— Votre écu, maintenant, dit Petiton.

Yolande passa son bras gauche dans la première énarme et empoigna fermement la seconde. La guige se tendit (2).

— Vous paraît-il pesant ? demanda Petiton.

— Certes, mais je le tiendrai comme il sied de le tenir.

— Eh bien, dit Béraud, à cheval !

(1) Audace.
(2) La *guige* : courroie utilisée pour porter l'écu suspendu au cou. Les *énarmes* : courroies ou anses fixées à la partie intérieure, concave, de celui-ci, et servant à le tenir contre l'avant-bras gauche pendant le combat ou la joute.

Chaingy saisit les rênes d'Ajax. Yolande chaussa l'étrier tenu par le Défiguré. Elle s'éleva malaisément et emboîta ses cuisses et ses reins entre les arçons, de telle sorte qu'elle fut immédiatement rassurée. Jamais elle ne pourrait être jetée à terre.

— Je ne porte pas d'éperons, dit Petiton. C'est pourquoi vous n'en avez point. Le regrettez-vous ?

— Non. Pourquoi y avez-vous renoncé ?

— Ceux que je porterai seront d'or (1) si par bonheur je les obtiens.

Du regret imprégnait ces propos enjoués. Petiton doutait-il d'être un jour chevalier ?

— Qu'il patiente ! dit Chaingy. Je me refuse à ce qu'il guerroie pour les obtenir vélocement... Je suis recru des batailles et déçu des défaites des Lis. Pour ce qui est de jouter, je répugne à lier des ergots à mes jambes : un cheval abroché se desraye (2) aisément.

— Ajax, dame, vous aidera dans votre punition.

— J'en suis acertenée (3), Petiton.

Il n'était plus temps de douter.

— Je vais aller voir en bas où ils en sont, dit le damoiseau.

Il partit en courant.

Lorsqu'il revint, ce fut pour annoncer que la plupart des jouteurs en avaient terminé. Floris demeurait maître du champ. Il lui restait à courir contre Mansion du Boullay et

(1) On reconnaissait les chevaliers à leurs éperons dorés.
(2) Un cheval qui se desraye est ingouvernable.
(3) « J'en suis assurée » ou « j'en suis certaine ».

Yvain des Aspres. Après avoir été précipité à terre, Colebret de Danville était allé s'asseoir sur une escabelle, au pied de l'échafaud des dames et plus particulièrement devant la reine.

— ... dont on m'a dit, à l'entour, qu'elle avait nom Mahaut de Boigneville.

— Il ne m'aura rien épargné, confia Yolande à Béraud.

— Couronne effimère (1), dame. Demain, cette suzeraine d'un après-midi ne sera rien d'autre qu'une cagne de belle apparence.

Petiton caressa l'encolure d'Ajax :

— Votre époux m'a semblé las. Cette épaule dont Béraud nous a parlé doit le faire souffrir, j'en jurerais. Il se tient penché. Il a relevé très haut son viaire et boit l'air comme une carpe tirée d'un vivier. Je ne saurais nier qu'il est plein de bachelerie (2).

« Et moi », songea Yolande, « n'en suis-je pas pourvue ? »

Le temps passa sans qu'elle en sentît l'usure, sans qu'Ajax lui eût fourni le moindre sujet d'anxiété. Bien qu'il sût que Petiton ne le monterait pas, on eût dit qu'il se sentait du complot.

Un heurt assourdi suivi d'un hurlement annonça la fin d'une course.

— Mieux vaut descendre, dit Béraud. Je vais me glisser parmi les manants et vous assisterai, dame, par la pensée.

Il tira de son pourpoint le voile boulé qu'il ne déplia pas :

— Nous n'en aurons pas l'utilité... Il ventilait comme une bannière sur la corde où Berthe l'avait mis à sécher...

(1) Éphémère.
(2) Vaillance.

— Vous avez bien fait de le décrocher. Qui sait si un jour vous n'aurez pas à le nouer à votre cubitière (1).

Béraud baissa la tête et, grondant presque :

— Non... Je ne suis plus rien et vous le savez bien.

Il s'éloigna, le voile serré dans son poing dont il dépassait de part et d'autre.

Yolande se sentit perdue. Béraud partait sans avoir proféré un encouragement, sans même un geste d'amitié. Il semblait qu'il eût soudainement recouvré sa vassalité vis-à-vis d'elle et qu'en l'accompagnant il eût troublé l'équilibre de leurs relations et détruit le sentiment qui les avait appariés et qui les liait encore, quoi qu'il pensât. Elle demeurait et demeurerait toujours sa débitrice.

« A-t-il seulement vergogne de m'avoir robé ce volet ? Il a dû dormir avec... »

Petiton saisit la bride d'Ajax et commença de piéter dans les herbes.

— On vous baillera, dame, une lance en bas. Je l'examinerai pour voir si elle est bonne. Un nœud mal placé ou une entaille, et ce serait la fin de votre dessein.

Et tandis que Yolande abaissait de moitié sa visière.

— D'après ce que je sais, votre époux vous a fait cocue.

Petiton s'exprimait sans prendre conscience de son irrévérence. Yolande eût pu s'en courroucer. Elle ne se sentait ni le droit ni l'envie de reprocher quoi que ce fût au damoiseau. Ne s'employait-il pas à la servir au mieux ?

---

(1) Il était d'usage que les chevaliers ornent leur cubitière, parfois leur épaulière avec une étoffe portée par la femme aimée. Cela s'appelait la *manche honorable* parce que ce trophée était souvent une manche. Mais on en vit arborer des lingeries plus intimes.

Ils parvinrent devant une estaquette (1). Les spectateurs accoudés le long de celle-ci s'écartèrent afin qu'ils fussent aperçus du roi d'armes – le manchot Lambrequin de Piseux – et des juges de lice. Or, Jovelin du Boullay, piteux héraut à la voix plus pointue qu'une alêne, hurlait en pivotant sur ses talons :

— *Gloire au preux ! Gloire à Floris de Maillebois, mieux joutant que quiconque en ce dimanche-ci, par l'assentiment et jugement des dames qui se lèvent en son honneur... et bien digne de l'ardent amour d'une belle gentilfame dont il porte l'emprise !*

Effectivement, les dames s'étaient levées. Effectivement, Floris arborait à sa cubitière senestre un volet de teinte bleue : la couleur préférée de Mahaut.

Cet hommage public rendu à l'usurpatrice mordit Yolande au cœur. L'époux volage avait eu l'audace, devant leurs amis et connaissances, de nouer à son bras de fer l'emprise de sa bien-aimée : un voile d'yraigne (2) long et dentelé dans les plis duquel le vent s'égarait.

— Regarde, Petiton, murmura Yolande après s'être assurée de n'être point observée. Béraud est à quatre pas. Va lui demander ce volet dont il ne s'est pas servi et noue-le à ma cubitière. Hâte-toi !

Elle avait parlé aussi bas que possible, penchée sur l'encolure d'Ajax.

(1) Partie mobile des barrières d'enceinte par où passaient les tournoyeurs et les jouteurs.
(2) Étoffe extrêmement légère, provenant d'Ypres ou de Gand, et que l'on comparait à une toile d'araignée.

« Personne », songea-t-elle, « n'a pu ouïr ma voix et mon propos. »

Cependant, prudente, elle rabattit complètement la visière de son bassinet et s'efforça de maîtriser son souffle.

— Il ne s'est pas fait prier, dit Petiton en réapparaissant et en nouant par deux fois le voile blanc au-dessus de la cubitière. Il l'a baisé avant que de me le remettre.

Yolande sentit son cœur se gonfler. Elle n'aimait pas Béraud. Ah ! non. Mais *elle l'admirait*. Elle allait, selon l'usage, courir en son honneur.

Jovelin du Boullay – chaperon rouge, pourpoint de satanin (1) vermillon, les jambes gainées de gris au-dessus de ses heuses de basane plus dignes d'une femme que d'un homme – accourait et penchait sa face poupine, rouge d'un coup de soleil, vers les nouveaux venus :

— Qui êtes-vous, chevalier ?

— Arthur de Chaingy, dit Petiton en lâchant la bride d'Ajax.

— Ce chevalier ne peut-il me répondre lui-même ?

— Nenni, messire : il est muet de naissance, mais son épée, qu'il a laissée sous son tref, parle un langage haut et clair dont vous vous souviendriez si vous aviez la niceté (2) de l'affronter.

Jovelin du Boullay rejeta ces considérations d'un geste. Si Mahaut présidait sur la lice et dans l'échafaud des dames, il était son truchement et régnait aussi.

— Que veut ce chevalier ?... Quel nom dites-vous ?

(1) Satin.
(2) Naïveté, niaiserie.

— Arthur de Chaingy.

Un juge s'était approché. Sa barbe blanche, longue et floconneuse, lui donnait l'air d'un mire ou d'un astronomien.

— *D'argent à un cœur enflammé de gueules*, dit-il l'index pointé vers la targe que Yolande portait en chantel (1). Ces armes sont rares, mais j'en ai vérifié l'authenticité sur l'armorial quand ce chevalier s'est présenté à moi ce matin... Il est vrai qu'il ne m'a pas dit un mot... Que voulez-vous, messire ?

— Mon maître, dit Petiton, veut challenger Floris de Maillebois.

— Pourquoi ne l'a-t-il pas demandé avant ?

— Messires, broncha le damoiseau, c'est sa façon de procéder. Elle est celle de tous les chevaliers d'aventure.

Yolande maîtrisait imparfaitement des frissons inattendus. Toutes ses conjectures ordinaires et faciles, lors des matinées consacrées en préparatifs sous l'égide de Béraud, s'effondraient devant l'imminence d'une réalité qui, pour le moment, demeurait un mystère. Qu'allait-il se passer ? Qu'allait-elle devenir ? Enfermé dans le bassinet où s'infiltrait une mièvre lumière, son visage commençait à se mouiller. Sans fléchir sous le poids du métal, son torse se dressait, hautain, et contre l'arceau du bras qui soutenait l'écu, des picotements naissaient. Elle repoussa une image d'autrefois – Floris et elle enlacés –, puis, observant au loin l'infidèle, visière déclose, échangeant des compliments avec Mahaut, ce qu'elle possédait encore d'intérêt pour cet

(1) En montrant le plus visiblement possible la surface extérieure du bouclier.

être se consuma. La fureur des mauvais jours lui déchiqueta la poitrine : à grands traits, comme un corbeau eût dépiauté une charogne. Non, l'amour ne méritait pas l'importance qu'elle lui avait attribué. Il pouvait se racornir, à l'inverse du ressentiment qui renaissait et s'épanouissait en elle. Elle allait opprimer (1) cet homme.

— Hola ! messires, interrogeait Petiton. Ne vous ai-je pas tout dit ?

Sous l'inflation de l'impatience, une sorte de félicité animait son visage, le rendant plus juvénile encore qu'il ne l'était. Ses yeux luisaient d'un éclat qu'on eût dit emprunté à la cuirasse du chevalier si particulier dont il s'instituait l'interprète. Il trépignait. « Dommage », devait-il se dire, « que ce ne soit pas moi qui doive galoper sus à ce falourdeur (2) ! » Il haussa le ton :

— Eh bien, messires ? Courez demander au sire de Maillebois s'il veut affronter Arthur de Chaingy au glaive.

Bien qu'elle ne fût point au fait du langage pratiqué sur les champs clos, Yolande eut un sursaut. *Le glaive !* Autrement dit : la lance de guerre. Protester ? C'était révéler sa féminité et jeter à bas tout l'édifice de vengeance qu'elle avait érigé dans la foi, le doute et l'espérance.

— Craignez rien, dit Petiton. Vous gagnerez. C'est Béraud qui l'affirme.

Déjà, Jovelin du Boullay rapportait à Floris le défi qui lui était proposé. Il ne pouvait qu'y souscrire. Répondre par la

(1) Vexer.
(2) Prétentieux.

négative eût été se dévaluer devant tous, surtout devant Mahaut qui, penchée, écoutait les propos du héraut.

Floris adressa un signe à Gillebert qui l'aida, non sans difficulté, à quitter la selle de Plantamor, le meilleur cheval de Maillebois. Et le héraut, immobile au milieu du champ, les bras levés pour tenter d'imposer le silence, proclama d'une voix soudain rauque :

— *Oyez ! Oyez ! Oyez ! le chevalier Arthur de Chaingy propose à Floris de Maillebois de courir contre lui à la lance de guerre !*

La rumeur naquit, grossit, passa de la stupéfaction à la joie – le sang allait teinter les armures de fer.

— *Messire Floris de Maillebois accepte de courir contre messire Arthur de Chaingy, disant aussi qu'il ne l'épargnera point, mais demande à se reposer pleinement, le temps de reprendre haleine et de vider un hanap... Il se tiendra, ensuite, à la disposition de messire de Chaingy, fort arrée* (1) *à ce qu'il croit.*

Tout était dit. Petiton exultait :

— Point de crainte... chevalier. Confiance. Béraud vous observe. Il sait que vous vaincrez.

« Si je parviens à bouter bellement Floris, je le devrai à cet homme qui est la laideur en personne !... Et je ne sais comment lui montrer ma reconnaissance ! »

Elle était bien assise, droite, les reins contre le haut troussequin. Son bouclier parfaitement suspendu à son cou par sa guige n'incommodait plus son bras. Elle vit Jovelin du Boullay s'approcher. La consternation durcissait ses traits :

(1) Correct.

— Ce n'est point trahir un secret, messire de Chaingy, que de vous révéler que le sire de Maillebois souffre d'une épaule.

« Il ne dit pas laquelle », releva Yolande. « Il est plus finaud que je ne le croyais ! »

— Vous devez étouffer sous votre bassinet. Relevez votre viaire, messire ! Outre que vous respirerez à votre aise, nous pourrons voir votre visage.

— Héraut, dit Petiton, vous le verrez après la joute. Et les autres aussi.

Floris avait disparu. Le temps passa.

— Il nous la fait longue (1), enragea Petiton.

Yolande restait sereine. L'air qui s'infiltrait à travers le nasal et le buccal du bassinet mettait un peu de fraîcheur jusque dans son âme. Elle respirait aisément. Tout en observant Mahaut comme esseulée parmi ses voisines – et que Colebret de Danville réconfortait en lui tapotant les mains –, elle procédait à l'ultime cohésion de sa volonté, de sa rancœur et de ses forces soudainement éparpillées par l'initiative de Petiton.

« Une lance de guerre !... Est-ce Béraud qui lui a enjoint d'en faire la demande ? »

Pourquoi non ? Lui aussi détestait Floris. Lui aussi était méprisé, ignoré, fustigé parfois autant qu'elle. En fait, elle exécuterait une double punition.

— Confiance, messire de Chaingy, dit Petiton.

« J'en ai... Si tu savais, écuyer, combien j'en ai ! »

Yolande souriait sous son fer. Une sorte de bonheur

(1) « Il en met du temps ! »

surnageait au-dessus des sentiments entremêlés qui l'avaient animée depuis son apparition sur le seuil d'une lice dont elle ne pouvait encore franchir l'entrée : elle serait la première épouse à procéder, la lance afusellée (1), au châtiment de l'infamie conjugale. Si son esprit, tout au long des préparatifs qui avaient fait d'elle un chevalier d'aventure, s'était concentré sur son infortune, elle se sentait libérée, soulagée plus encore que si elle sortait de confesse. Dieu ne pouvait abandonner une femme aussi pieuse qu'elle, même si pour s'affranchir une fois pour toutes des turpitudes de son mari, elle avait eu l'audace de se vêtir en homme.

Son regard s'égara parmi les tentes entre lesquelles, tête nue, passaient des seigneurs qui s'étaient affrontés et que Floris avait successivement vaincus. Parés, sur leur armure intacte ou non, de leur cotte d'armes, tous prétendaient encore à la grandeur. Oui, malgré son angoisse, une sorte de joie de vivre – ou d'exister, ce qui était différent – la pénétrait. Sans présomption, sans verbiage intérieur, cette joute unique à maints égards serait pour elle, après son aboutissement rude, la première protestation d'une femme et, du même coup, la vengeance de toutes celles de son espèce – trahies, bafouées, reléguées au fond de leurs appartements par des ingrats auxquels elles avaient cru. A l'abri de ses plates (2), le souffle toujours tranquille, – grâce à Dieu ! – elle se retrouvait fidèle aux exaltations des dernières semaines d'exercices, lorsque Béraud lui faisait compliment. Elle était emplie d'un bonheur charnel

---

(1) Tenir la lance de façon à frapper de la pointe, avec justesse.
(2) Les pièces composant l'armure.

presque aussi puissant que celui que lui eût procuré une étreinte. Dans les cris et hurlades qu'elle avait entendus ce dimanche avant que d'apparaître sur le champ clos, elle avait puisé une part de la violence qui l'animait. Après sa course victorieuse, quand Floris gésirait sur l'herbe, les hommes, les femmes et les enfants se tairaient comme certains témoins devant l'horreur d'un forfait.

Elle seule ferait honneur au nom de Maillebois (1) !

---

(1) Au hameau de Feuilleuse, proche de Maillebois, et plus précisément au lieu-dit les Chastelets, subsistent les terrassements d'une enceinte circulaire.

X

— Le voilà ! s'écria Petiton.

« Il semble las », songea Yolande, penchée.

— Il est vaillant, il en faut convenir.

« Il a baissé son viaire », remarqua Yolande, troublée. « Cela ne lui ressemble pas. Il aime qu'on l'admire. Il se plaît à être alosé (1). Que se passe-t-il ? »

Elle avait dû attendre longtemps l'apparition de son époux. Était-ce pour l'impatienter ? Si c'était cela, il n'y avait pas réussi. De toute façon, ni Petiton ni elle ne pouvaient deviner en quel état d'esprit Floris abordait cette course ultime, éminemment dangereuse pour trois raisons : il était las, peut-être exténué ; il ne connaissait pas son adversaire ; il jouterait à la lance de guerre. Ni Mahaut, ni le héraut et les juges, ni le public, ni, surtout, ce chevalier dont l'écu portait un cœur embrasé, personne ne saurait ce qu'il pensait.

Gillebert et un juge que Yolande ne connaissait pas vinrent ouvrir l'estaquette afin qu'elle entrât en champ.

(1) Loué, célébré.

Ajax y pénétra, superbe, et de lui-même choisit son aire, face à la barrière enrubannée de festons bleus – toujours la couleur de Mahaut.

Jovelin s'empressa d'apporter une lance. Petiton l'examina et la trouva convenable après qu'il eut caressé, par superstition sans doute, l'extrémité de l'acier taillé en feuille de saule et dont la longueur fit frémir Yolande.

« Elle est pesante », se dit-elle en l'empoignant, « mais celles que j'ai maniées l'étaient aussi. »

D'ailleurs Floris, en face, trouvait la sienne également lourde puisqu'il la laissait reposer à terre, sur son talon.

— Voyez... chevalier mon maître, dit Petiton. Son épaule est endolourie par les coups portés sur sa targe... Les armes en ont été effacées par les rochets qui s'y sont abattus... On ne voit plus que les cornes de son taureau ! Quant à lui, il doit être aussi blanc qu'une endive !

Yolande acquiesça en se penchant en avant.

« Je ne l'épargnerai pas. S'il savait que c'est moi qui suis dans cette écorce, il m'occirait avec un plaisir rare... Aucune pitié !... En a-t-il eu pour moi depuis son retour de Calais ? »

Au milieu du champ clos, quasiment adossé à la barrière, Jovelin hurla :

— *Le chevalier Floris de Maillebois contre le chevalier Arthur de Chaingy... Et que le meilleur gagne !*

Dans un silence inhabituel, le public se consulta. Les dames et les prud'hommes des échafauds tout d'abord, puis les manants du parterre. Cet affrontement lourd de mystère et d'une mortelle incertitude – les lances de guerre ! – les excitait. Ils s'étaient préparés à revenir chez eux satisfaits quand un événement à vrai dire incongru survenait, dont le dénouement ne pourrait qu'enjoliver agréablement cette fin de dimanche.

Yolande vit son époux gagner son aire sans, apparemment, se soucier de sa présence. Gillebert portait sa lance.

« Il est las, c'est vrai... Il reste beau à voir. Il ne le sera plus ! »

Le cimier du heaume de Floris remuait un peu. Elle ne le connaissait que trop : une tête de taureau dont les cornes dorées branlaient faiblement au-dessus du tortil (1).

« Par ma foi c'est un paon qu'il lui aurait fallu ! »

Une bouffée de fureur, à moins que ce ne fût de haine secoua Yolande. Elle serrait toujours mollement sa lance que Petiton soutenait par son agrappe (2). Elle sentait son bras de fer enfler sous la poussée de son sang.

« Vous allez voir, tous, ce que vous n'avez jamais vu !... Oui, vous Mansion du Boullay ! Vous Aubery de Boutigny et Hélione ! Vous, Lambrequin de Piseux !... Toi, Jovelin !... Toi, Armide d'Arilly, présente au premier rang de la damerie !... Vous, Isabeau de la Neuve-Lyre qui couvez d'un regard que je sais amouré Colebret de Danville... Et toi, Mahaut, robeuse d'hommes !... Remire bien ton Floris !... Vous vous êtes tous gaussés de mon infortune. Je me gausserai de votre ébahissement ! »

Un seul galop. Un seul heurt. Il fallait qu'il fût terrible. Tout simplement.

---

(1) Bourrelet circulaire fixé au sommet du heaume et dont les couleurs étaient celles du jouteur. La figure héraldique était érigée en son centre.
(2) Évidement du bois de lance ; endroit que saisissait la main.

XI

Elle avait empoigné sa lance comme il convenait. Le cuir de son gantelet en épousait le frêne d'autant mieux qu'ils étaient poisseux l'un et l'autre.

Petiton caressa le chanfrein d'Ajax :

— Tu sais ce qu'il te faut faire. Garde-toi de trop serrer la palissade pour ne pas accrocher ton houssement au bois.

Une trompe sonna.

Le cheval du damoiseau partit d'un galop ample et furibond le long de la hague (1), Yolande, comme elle l'avait fait tant de fois, afusella sa lance et se laissa porter.

Elle eut le sentiment que son cheval ne touchait plus terre. Qu'elle était soutenue, emportée par une puissance prodigieuse, à la fois forte et désincarnée, frémissante de vibrations comme la corde d'un arc sitôt le jet de la sagette.

« Je m'en vais t'ébahir, Floris, de prime face ! »

Déjà, elle était sur lui, l'acier pointé au centre de l'écu où le taureau dont il était si fier se voyait à peine.

Le heurt fut tel qu'elle l'avait auguré pour elle-même :

(1) Barrière, palissade.

un mal fulgurant dans toute la partie senestre de son corps et qui s'épandait dans l'autre. Son cri fut de douleur et de soulagement.

La lance de son contendant s'était rompue ; la sienne, intacte, avait traversé le bouclier de Floris et atteint sa poitrine. Elle l'avait lâchée lors de la percussion.

Quand elle eut, par une écaveçade (1), fait tourner son cheval à l'extrémité de la barrière, elle vit Floris à terre et renonça à quitter sa selle tant elle se sentait pesante de fer et d'émoi.

Mené par Petiton qui le tenait au frein, Ajax s'approcha du corps étendu.

— Quel horion ! dit-il. Grandiose est ma joie.

Le taureau du cimier avait perdu ses cornes. Une tache rouge maculait le lin blanc de la cotte d'armes. Le blessé remuait, gémissait. Les juges et Jovelin accouraient. Petiton s'agenouilla près du corps.

— Il faut le desheaumer, décida-t-il froidement.

— Un beau coup, chevalier ! dit Béraud soudain présent.

Il n'exultait point alors qu'il eût dû se réjouir que son élève se fût montrée digne de ses enseignements. Il regardait le sang. Peut-être, si laid qu'il fût, son visage reflétait-il le soulagement qui l'animait en présence de ce vaincu dont il n'avait cessé de compter les offenses.

« Si elle l'aime comme elle le prétend, Mahaut devrait être présente. »

Quelqu'un s'approchait. Se détournant pour vérifier si c'était sa rivale, Yolande fut près de se pâmer.

(1) Mouvement brusque que l'on imprime à la bride du cheval en secouant la bride.

« *Floris !... Floris !* Adoncques qui est cet homme qui remue maintenant à peine ? »

— Le plastron est crevé, dit Petiton. Côté senestre : celui du cœur.

Il débouclait les lanières qui fixaient la défense de tête au colletin de l'armure.

— Hâtez-vous, messire, dit Floris.

« Il n'ose me regarder !... La vergogne le ronge ! »

Yolande n'avait jamais vu son mari en cet état. Son visage était blanc, déformé, outre la honte, par une douleur qui semblait irrémédiable.

« Il a offert à quelqu'un de le remplacer parce qu'il se savait amoindri par les coups reçus cet après-midi... C'est pourquoi son double a mis tant de temps à paraître devant moi avant la course... Mais de qui s'agit-il ? »

La peau humide et brûlante, Yolande, immobile, éprouvait l'amertume d'un plaisir qui déjà se dissolvait dans la frayeur d'avoir outrepercé un innocent. Certes, ç'avait été une joute loyale bien qu'inégale : une femme contre un chevalier. Qu'est-ce donc qui la tourmentait ? Qu'éprouvait-elle ? Quel nom fallait-il donner au sentiment dont son esprit plus que son cœur ne se dépêtrait point ? L'angoisse de Floris versait sur sa victoire une sorte de tristesse ou de remords.

Nul ne parlait autour d'eux. Tous concevaient que le moindre mot eût déformé les pensées de deux êtres dont l'un savait qui était la victime, mais attendait que l'autre la vît pour s'exprimer sur une substitution au-delà de laquelle ils ne pourraient que s'entre-déchirer.

— Laissez-moi faire ! intima Floris à Petiton. Vous allez

lui démancher le cou !... Ne trouvez-vous pas qu'il souffre en suffisance ?

— Si j'ai bien compris, dit le damoiseau en se relevant, vous êtes Floris de Maillebois. Il vous fallait un truchement pour...

Il s'abstint de poursuivre. N'existait-il pas, de son côté, un substitut d'Arthur de Chaingy : une femme !

A l'entour du champ clos la foule se taisait. Elle aussi voulait savoir.

Yolande, penchée, se sentait prise d'une compassion sans cesse accrue pour l'inconnu étendu sur l'herbe. L'odeur aigre de la sueur qui empoissait ses joues, son cou, et roulait entre ses seins commençait a lui déplaire. Elle fondait sous la chaleur. Béraud l'observait d'un œil pour une fois indéchiffrable. Lui aussi s'interrogeait sur le remplaçant de Floris. Ajax commençait à saboter.

Le visage du vaincu apparut.

— Olivier ! gémit Yolande.

Elle n'avait plus qu'à relever sa visière. Ce qu'elle fit. Rien d'autre ne comptait que ce fils envoyé à la mort par un époux décidément indigne.

— Toi ! dit-il. Jamais je n'aurais pensé à tant d'audace... Ainsi, tu croyais m'occire... Et par ma foi, tu y serais parvenue en l'état où je me trouve.

— Tu as osé permuer (1) avec lui !... Lui qui avait le mépris des armes !

Floris se savait jugé, condamné. Il excipa d'une voix

(1) Permuter.

faussement débonnaire, comme chaque fois qu'il était pris en tort sans possibilité de se défendre :

— Je souffrais trop de mon épaule... Aucun mire pour me soulager. Olivier s'est proposé de...

— *Tu lui as enjoint cet échange !* Il n'a jamais rien osé te refuser : il a toujours craint tes courroux !

Elle imaginait la scène : Floris, la voix soudain pleurnicharde et Olivier vergogneux d'être ce qu'il était : un faible et voulant, avant son exil définitif, commettre un acte d'amour filial – s'il se pouvait qu'il en éprouvât pour ce père dont il condamnait la conduite.

— Soit, je lui ai proposé de prendre ma place. Il a accepté avec empressement pour me prouver qu'il valait Bernardet.

— Mensonge !

Olivier avait sans doute adjuré son père de renoncer au divorce. Floris le lui avait promis à condition qu'il prît sa place.

— Jamais tu n'aurais dû... Même avec une lance courtoise, tu l'exposais à la mort !

L'aîné n'avait point survécu à l'une des mêlées de Crécy dans laquelle Floris l'avait délaissé. Le puîné, lui, s'était en quelque sorte résigné à mourir pour un père qu'il savait indigne.

— Tu aurais dû penser... *mais tu y as pensé,* qu'Olivier ne résisterait pas à un seul boutis de lance... quel que fût celui qui le lui fournirait !

— Tu te répètes !... Sache-le : je l'ai vu prier... Il m'a

dit, ensuite, que Notre Seigneur avait pris sa demande en compte… Et mon honneur...

Yolande ne put retenir un rire. Son honneur ! Il en disait de belles, le fuyard du Val-aux-Clercs.

Elle se pencha enfin sur Olivier. Rien d'autre ne comptait que cet être dont l'âme pure et faible venait de s'éteindre après que ses parents eurent heurté leurs regards, leurs fureurs et leurs haines.

— Pauvre de lui !

La mort modelait au jeune homme un visage de saint. Solitaire et silencieux, il avait vécu sans « faire sa vie », sans en exprimer le suc, sans amour, sans ardeur, sans autre passion que celle d'examiner des grimoires dont la teneur ou ce qu'il en avait extrait ne servirait à personne.

— Pauvre fils !… Et moi, Yolande, qui l'ai...

Tout s'était obscurci dans son cœur de mère. Ce qui affreusement la tourmentait, c'était cette désillusion d'avoir vaincu *quelqu'un* d'inexpérimenté au profit de Floris qu'elle retrouvait en quelque sorte indemne ainsi que ses coupables amours. Par la malignité des événements, sa vengeance si longuement apprêtée devenait une sinistre injustice. Elle perdait un fils qui, le matin même, s'était enfin rapproché d'elle et conservait un mari qui la répudierait en excipant d'un argument avéré : elle avait meurtri leur enfant.

— Tu voulais m'occire.

— Te donner une leçon.

— Ta ! Ta ! Ta !… Tu n'aurais pas exigé une lance de guerre.

Ils se défiaient sans souci des curieux dont le nombre augmentait. Toute leur fierté abdiquait devant leur désir commun, énorme, de se détruire à coups de mots que Yolande, pour sa part, trouvait fades, impropres ou émoussés. Elle souhaitait un dénouement cruel à ce face à face. Elle enrageait de n'en pouvoir augurer ni l'imminence ni la nature. Du haut de son cheval, elle dominait Floris.

— Tu savais quel danger Olivier encourait. Sa mort ne t'émeut point.

— Qu'en sais-tu ? Ma rancœur envers toi me retient de verser des pleurs.

— Des pleurs !... En as-tu jamais versé ?

Elle avait le souffle de Floris sur sa genouillère. Il en ternissait le fer. Elle avait idéalisé cet homme. Tellement ! Désormais, tout ce qui ressortissait à leur vie commune et aux deux fils qu'ils avaient engendrés – deux enfants qui n'existaient plus – lui rendait son époux exécrable.

— Des pleurs ! dit-elle. Des pleurs !... Ce sont des gouttes d'autre chose qu'il te plaît de verser !

Elle n'osait trop dévisager le trépassé. Elle n'entendait qu'à demi la voix anxieuse de Béraud : « *Dame ! Dame ! Redressez-vous !* » Enfin, il était là ! Elle ne se sentait plus seule. Comme elle avait besoin de lui ! Il avait mis sa main sur sa cuisse de fer ; il la soutenait et pourtant elle craignait de choir de sa selle. Elle frémissait : « *J'ai occis mon fils !* » Comme l'armure, soudain, lui paraissait pesante ! Elle avait froid. La poitrine et les reins davantage que les membres. Il lui fallait de la compassion, de la douceur, du silence.

— Tu l'as tué !

— C'est toi. Cette commutation est une chose indigne !

Floris s'agenouilla auprès de son fils. Leur fils.

— Jamais je n'aurais pu imaginer tant de vilenie.

— Tant de bachelerie, messire, s'autorisa Béraud. La bachelerie (1) du fils et de la mère. Mais non point la vôtre. Vous saviez qu'à la lance de guerre, Olivier serait meurtri... Adoncques que la hoirie de Maillebois, qui aurait dû lui revenir, pourrait moins tardivement s'en aller à une autre !

— Je te permets pas, manant !

— Mais moi, je me permets.

Une idée fulgura dans le crâne de Floris :

— Vous vous êtes liés contre moi en mon absence. Vous avez souhaité m'occire... Moi, il y a peu, je souffrais moult de mon épaule...

— Et moi de mon cœur, trancha Yolande... Ce cœur que tu n'as cessé de griever (2) !

Le maréchal de lice, les juges diseurs, le héraut et les varlets de Maillebois cernaient Yolande, son époux, Béraud, Petiton et le mort. Au-delà, c'étaient des cris et des hurlements : le public voulait voir et savoir. Il avait deviné qu'il y avait mort d'homme et c'était pourquoi un unanime respect le maintenait sur place. Mais pour combien de temps ?

Ajax encensa et frappa du sabot. L'humeur furibonde des gens commençait à le contaminer. Petiton, prudent, le tint au frein afin qu'il ne commît nulle ruade ou cabrade préjudiciable à cette femme dont il avait accepté le faix.

Floris tourna soudain sa fureur sur Béraud :

(1) Vaillance et chevalerie.
(2) Faire mal.

— Cette idée de jouter n'a pu germer dans la tête de mon épouse. Que lui as-tu dit ou promis pour qu'elle en vienne à pareille folie ?... Quelle était ta raison ? La haine, sans doute, de te voir rejeté par tous excepté par une femme qui t'a trouvé apte à ouïr ses malheurs ?

— Le deuil vous messied, messire. Il semble que vous perdez l'esprit.

Or, Floris écumant poursuivit :

— Dans cette brèche ouverte en son cœur, tu as tout à loisir instillé ton fiel... Tu m'abomines depuis Crécy. Alors, pour ne point m'affronter lance à lance, épée contre épée, corps contre corps, tu as choisi de me déléguer mon épouse.

Yolande voulut protester, s'accuser à bon droit. Cependant, sous le cuir d'où un ruisselet de sueur s'épanchait, un rire flua :

— Passez, mais passez donc votre ire contre moi... Et dites-moi un peu : avez-vous du remords ? Ce sentiment vous est-il familier ? Car tout de même : deux fils morts à cause de ce qu'il faut bien appeler de la peur !... Elle me semble chevillée en vous autant sinon plus que votre hautaineté.

Yolande pensa que Béraud devait être d'une pâleur de suaire. Il suffoquait. Ses mâchoires désormais serrées gonflaient les joues de cuir de son faux-visage. Il y avait en cet instant chez l'écuyer du vautour prêt à tomber sur une charogne. Pressentant une aggravation de la querelle, Jovelin, les juges et le maréchal de lice reculèrent.

Béraud croisa les bras et défia son maître :

— Vous me détestez moult et je vous le rends bien. Il est

vrai que lorsque dame Yolande m'a demandé de la préparer pour une joute contre vous, je ne fus guère ébahi. Elle voyait en moi celui qui la délivrerait d'une constante vergogne et l'aiderait peut-être à restaurer son honneur humilié... De plus, depuis notre retour de Crécy, vous ne m'avez témoigné aucune sollicitude... ce dont d'ailleurs je vous regracie. Il m'eût en effet déplu de contredire vos récits et de donner à penser que vous n'avez été qu'un couard à cette bataille. Votre ains-né fils – Dieu ait son âme ! – a montré sur la pente du Val-aux-Clercs plus de hardement que vous-même. A le vouloir secourir, j'ai perdu la face. Privé de l'aide de son père, il a, lui, perdu la vie.

Yolande ne regrettait point qu'il y eût des témoins à ce tençon (1). La présomption de Floris devait souffrir le martyre. Elle, c'était de la vergogne qui la hantait. Un aspect méconnu de sa vie conjugale se révélait à des gens qui sans doute en avaient perçu la faillite. Certains allaient peut-être penser qu'entre Béraud et elle... Eh bien, qu'ils en fissent des gorges chaudes. L'important, c'était qu'elle se sentît pure. Hé oui : pure ! Le meurtre d'Olivier ne lui incombait point. Elle n'était que le bras ; Floris était la tête.

D'une main ferme, Béraud désigna Olivier sur le plastron duquel le sang fluait toujours :

— Si j'étais vous, messire, je ne le laisserai pas dans l'herbe. Je le ferais mener en sa chambre. Il a deux choses répugnantes sur lui : les regards et les mouches.

Les yeux de Floris s'emplirent de tant d'aversion que l'écuyer recula.

(1) Querelle.

— Je n'ai que faire de tes conseils.

— Béraud a raison, dit Yolande toujours à l'aise en selle, et le dos plus droit.

Et s'avisant de deux meschins de Maillebois, immobiles et consternés :

— Gillebert, Andrieu, allez quérir le bard qui se trouve aux écuries. Apportez un drap pour le poser sur notre fils. Hâtez-vous !

— Soit, dit Floris, faites ce qu'elle vous dit.

Il se baissa et ramassa un des gantelets dont Jovelin venait de libérer Olivier. D'un geste sec, comme s'il tenait du bout des doigts un brandon tout juste tiré des braises, il le jeta aux pieds du Défiguré :

— Tu me rendras raison de ton outrecuidance... avant que je ne fournisse la dernière course du jour contre ta déesse... Car je vous châtierai tous les deux !

Puis à Yolande et d'un ton froid hérissé de chardons :

— Ôte-toi de ma vue.

Et à Béraud, la voix claquante comme une bannière exposée à la tempête :

— Va au diable t'adouber... Accorde-moi le temps de passer mon armure.

Un débat bref, intime, parut immobiliser Floris. Il regarda le ciel en se demandant sans doute si Dieu le pouvait voir, puis, revenant sur terre et les yeux scintillants tandis qu'il désignait, en-deçà de l'écu toujours maintenu en chantel, l'emplacement du cœur :

— Ce sera là, m'amie que je te buquerai.

— Présomptueux !

— Je vous ferai enterrer nus, comme des chiens nez à nez, mais avant, Yolande, j'ôterai son cuir pour que, même morte, tu hurles d'effroi jusqu'au jugement dernier !

— Défiez-vous, messire, que le chien enragé ne vous morde !

— Assez ! supplia Yolande.

Elle aurait donc tout subi : la réussite assortie d'un deuil qui ne cesserait plus de la hanter ainsi que le remords si Béraud disparaissait de sa vie pour peu que Dieu ou saint Michel prît la défense de Floris.

Béraud la voulut rassurer :

— Dame, je vengerai votre fils.

— Je le vengerai aussi !

Floris prenait ses grands airs. Yolande vit son époux se tourner vers les juges et Jovelin, tous immobiles, muets et décontenancés.

— Messires... Messires... Oyez ce que j'ai à vous dire.

Un pli rapprochait ses narines comme s'il craignait de sentir la mort, l'odeur de la mort plutôt que celle du sang qui s'exhalait, à ses pieds, d'une défense de fer sous laquelle du vermillon devait s'épandre toujours.

— Nous allons, messires, moi et mon écuyer, courir une lance... Une lance de guerre, autrement dit le *glaive*. Si je vaincs Béraud, – et je le vaincrai –, je courrai contre mon épouse. Cette fois, par pure courtoisie, un rochet suffira car nous serons l'un et l'autre dépouillés de notre armure !

— Oh ! dit Jovelin.

— Eh bien quoi ? s'étonna Floris. Cela s'est déjà fait. Cela s'est déjà vu.

Après qu'il eut tapoté la cuissière de Yolande, Béraud s'approcha des juges :

— Messires, faites ce que ce grand falourdeur (1) vous demande.

Il recula et caressa le chanfrein d'Ajax dont la nervosité ne cessait de croître en dépit des efforts de Petiton pour le maintenir sur place.

— Rassurez-vous, dame. Vous ne courrez point une seconde fois.

Puis à Jovelin :

— Gare à ton annonce, héraut !... Clame que le sire de Maillebois va affronter Béraud de Sommereux... Et vous, messires, qui êtes là circonstans (2), je vous prie de ne rien dire de ce que vous avez vu et ouï. Vous savez qu'il y va de l'honneur d'une dame.

— L'honneur ! ricana Floris. Et l'honneur de mon fils ? Et l'honneur de moi-même ?

Et magnifique de certitude, le sourire large et la voix frémissante :

— Je t'attends, Béraud... Gillebert et Andrieu apportent la civière.

Puis le geste ample, en direction des deux varlets :

— Allons, ribauds !... Hâtez-vous d'enlever ce corps et de le dépouiller, au donjon, de toutes ses plates. Apportez-les-moi en hâte sous mon pavillon. Ne vous inquiétez pas pour le plastron troué. Essuyez seulement le sang dessus et dessous.

(1) Prétentieux.
(2) « Nous entourant ».

Yolande ferma les yeux. Lorsqu'elle les rouvrit, Olivier avait disparu, emporté par les deux serviteurs. Privé de la présence du défunt, Floris recouvra sa superbe :

— Je t'attends, Béraud. Je vais prendre mon temps pour m'adouber. Gillebert et Andrieu m'aideront peut-être mieux que tu ne l'as fait moult fois... Je vais t'apprendre comment on se dispense à jamais d'un outrecuidant.

Le Défiguré fit un pas et, touchant l'épaule senestre de Floris :

— J'espère pour vous, messire, qu'elle ne vous fait point trop souffrir, car si vous étiez occis ou grossement navré, certains de vos amis et la Mahaut prétendraient que j'ai profité de votre faiblesse... Vous n'avez qu'une épaule et moi, je n'ai qu'un œil. Nous saurons bientôt lequel des deux désavantagés l'a emporté sur l'autre.

L'écuyer riait, prêt à tout et déjà, semblait-il, certain de vaincre. Floris repoussa cette main qui l'avait brûlé, à travers son pourpoint, plus qu'une cicatrice sans doute prête à se rouvrir.

Ensuite, il s'avisa de son épouse :

— La foule ne sait rien. Si elle apprenait maintenant par ma voix ou celle de Jovelin et des juges que tu viens d'occire ton fils, elle te maudirait et te lapiderait à moins que les seigneurs présents ne te taillent en pièces !

— Voire, intervint Béraud. Je pourrais tout révéler. Proclamer que par insigne couardise vous avez contraint Olivier à endosser votre harnois plain (1). Ce n'est pas par esprit de revanche que vous espérez, après m'avoir occis,

(1) Armure complète.

courir contre votre dame sans défense de fer. C'est parce que l'occasion miraculeuse vous serait offerte d'obtenir par son trépas cette liberté qu'elle n'a cessé de vous refuser. C'est ainsi que vous pourriez offrir à la Mahaut ce Maillebois qu'à travers vous elle guigne.

— Manant ! broncha Floris, confondu. N'abuse pas de ma patience. Tu vas obtenir ce que tu mérites.

Yolande dont l'écu, malgré la guige bien assujettie, commençait à peser sur son bras, trouva que son époux avait largement dépassé son deuil.

— Tu es hideux, dit-elle d'une voix chuchotée. Tu as plus besoin que Béraud d'un cuir sur ta face !

Puis, comme l'écuyer hochait la tête :

— N'ayez crainte, cher homme, le Ciel vous aidera.

— Ma parole, Yolande, on dirait que tu l'aimes !

Elle ne s'en défendit point.

L'écuyer tourna les talons. Visiblement, sa haine était devenue telle qu'une armée de Sarrasins n'eussent pu en venir à bout.

— Partons, dame, dit doucement Petiton. Videz votre esprit et votre cœur de cette boue qui les enténèbre... Faites confiance à Dieu car il règne sur nous. Allons, Ajax, avance... Va lentement, notre dame est lasse.

XII

Devant le tref (1) d'Arthur de Chaingy où Béraud l'avait précédée, Yolande put enfin s'asseoir dans l'herbe après que le Défiguré, aidé par Petiton, l'eut délivrée de son habit de fer. Elle laissa couler ses idées et ses larmes. Il lui sembla recouvrer ses faiblesses de femme abandonnées au même endroit lorsqu'elle était partie vers le champ clos.

— Eh bien, dit Petiton, permettez, dame, que je loue votre hardement.

Il souriait, impatient de la leçon qui se préparait. Il ajouta, tandis que son exaltation semblait se hausser d'un degré :

— Point de merci, Béraud ! A fallace (2) indigne, justice licite !

Yolande ne put l'approuver. L'image d'Olivier meurtri *par elle* ne cessait d'imprégner ses autres pensées.

— Comment vous sentiez-vous adoubée dans tout ce fer ? demanda de loin Chaingy.

(1) Tente en forme de cône, plus petite que le pavillon.
(2) Fourberie.

— Un peu gouine (1).

— Jeanne de Clisson, Jeanne de Montfort et – on le sait aussi mais je n'en suis point sûr – Jeanne de Penthièvre ont porté l'armure de fer. Vous êtes digne d'elles.

« Nullement ! Elles n'ont pas meurtri leurs fils. »

— Vous avez mené à bien vos résolutions, s'empressa Petiton. Peu d'êtres humains y parviennent.

Jolie prouesse, en vérité. Elle était excédée de tout ce qu'elle avait commis et pensé avant même d'entrer en lice. Elle avait vécu, ces dernières années, une existence difficile. Ce n'était rien eu égard à ce qu'elle allait vivre. Elle ne dormirait guère. Elle mangerait à peine. Dans l'ombre moite ou froide des nuits, elle verrait ce champ clos qu'on disait de Vérité alors que c'était, pour elle, celui du mensonge. Elle se faisait horreur et Petiton l'admirait ! Elle revoyait le sourire d'Olivier. Cet épanouissement d'une bonté tournée davantage vers Dieu que vers les humains. D'ici, même assise, elle voyait sa demeure et au donjon, la fenêtre d'où elle découvrait tout... sauf le bonheur. Elle ne savait plus comment c'était, le bien-être, et si, même aux beaux jours, elle l'avait connu pleinement. Et qu'était-ce que ce sentiment de plénitude qu'elle avait éprouvé, des jours et des jours, auprès de Béraud ? Avec quelle promptitude elle sautait du lit, chaque matin, pour le rejoindre !

— Buque-le sur son heaume, conseillait Chaingy à Béraud. Fais-en...

— Un homme à ma semblance ?

(1) *Goin* ou *gouin* : engoncé, gêné aux entournures.

— Je n'ai pas voulu te courroucer !

— Tu ne me courrouces point.

« Floris défiguré ? »

Yolande ne le souhaitait pas. Une leçon. Une leçon définitive. Ah ! la vertigineuse ivresse quand sa lance, au-delà du bouclier, avait perforé le fer...

Elle cillait des paupières. Elle ne pouvait voir Béraud. Elle se demanda s'il était nécessaire qu'elle le vît. Elle savait que Petiton et Chaingy l'aidaient à revêtir l'armure sans doute toute chaude encore de son corps. La voix de l'écuyer ne cessait d'être rauque. C'était, à ne s'y point tromper, celle d'un homme époumoné par un émoi surnaturel. Alors, elle s'inquiéta :

— Tout va bien ?

Il fallait qu'elle en convînt : Béraud lui était devenu indispensable.

— Tout va bien, dame, dit Petiton.

— Soyez un preux, mon ami.

Paroles inutiles, sans doute, mais paroles de quelqu'un qui désormais savait ce qu'était une course à la lance. Était-elle de ces femmes auxquelles il fallait faire violence pour qu'elles se retrouvassent telles qu'elles étaient vraiment sans jamais se l'être avoué ? Lorsqu'elle avait percuté son adversaire dans les dispositions qui étaient siennes à ce moment précis, elle avait eu, malgré sa crainte tout aussi aiguë que l'acier à l'extrémité de son arme, la révélation d'un plaisir insoupçonné tout aussi plein et fugace que celui ou ceux dont elle était injustement privée. Un épanouissement, dans ses reins, d'une vigueur et d'une ébullition insoupçonnées ; l'éclosion, dans ses entrailles, d'un plaisir à la fois subtil et sublime. Pouvait-elle se douter qui le lui procurait ? Non, évidemment. Et la pensée de cette jubilation, dans les ténèbres qui la circonvenaient, faisait encore battre son cœur avec une violence, un acharnement qui ne compensaient rien. Sa moiteur n'était pas due qu'à la chaleur. Ce soir, son blanchet (1) en porterait la trace.

Les herbes s'écrasèrent sous de pesantes foulées. Béraud, adoubé, se pencha sur elle :

— Dame, vous portez-vous mieux ? s'enquit-il doucement.

Elle acquiesça. En fait, elle lui mentait : elle balançait entre la douleur et la désespérance. Après avoir perdu son fils, allait-elle perdre Béraud ?

— J'ai peur, mon grand ami, et crains pour votre vie.

Petiton s'approcha, un gobelet à la main.

— Par tous les anges du ciel, grommela-t-il, ne vous effrayez point, dame : il reviendra... Buvez, c'est de l'hypocras.

Elle but. C'était tiède et fade comme du sang.

Tandis que d'un revers de main elle séchait ses lèvres, elle vit le Défiguré s'éloigner jusqu'au chêne au pied duquel elle s'était isolée avant de gagner la lice. Comme elle, il s'agenouilla. Comme elle, il arracha trois brins d'herbe. Comme elle, il les mâcha et les avala. Comme elle, il se signa.

— Yolande, dit-il sans se retourner en raison d'une audace qu'elle lui pardonna, il est des sentiments plus épais

(1) Lingerie intime.

que des armures de fer. Il est des volontés et des vœux définitifs. Petiton a parlé des anges. Par Dieu, vous en êtes un... et mon cœur bat des ailes.

— Voilà que tu parles comme un trouvère, dit Chaingy sans rire. Cette joute ne sera rien d'autre qu'un jugement de Dieu.

Il était occupé à replier, sur le dos d'Ajax dessellé, le houssement qui commençait à le contraindre. Ainsi permettait-il au vent léger de souffler sur la robe tiède et brillante du cheval.

— Approchez, Béraud... Approchez, insista Yolande.

Il y renonça d'un mouvement de main. Sans doute avait-il besoin de se tenir loin d'elle pour affirmer ses forces.

Exténuée d'émoi tout autant, maintenant, que du coup reçu sur son bouclier dont elle mesurait l'anormale poussée puisque venant d'Olivier, Yolande n'osa plus dire un mot. Tout proches du seuil de la tente, les trois hommes s'entretinrent d'un défi qui ne les inquiétait guère. Elle vit Chaingy pénétrer sous la toile et en ressortir avec un gobelet qu'il offrit à Béraud :

— De l'hypocras... La dame en a bu là-dedans.

Le Défiguré qui passait pour sobre vida d'un trait le récipient. Après avoir séché ses lèvres du bout de son gantelet, il se mit à parler aussi bas que possible.

Yolande renonça à se lever pour s'immiscer dans des propos qui, pourtant, la concernaient. Après le vaste effort qu'elle avait accompli en soutenant sa lance, elle éprouvait une satisfaction presque animale à se dire que sans la duplicité de Floris, elle eût été présentement veuve et que

Mahaut, moins éprouvée sans doute qu'elle eût voulu le faire accroire, serait retournée à Boigneville en compagnie, sans doute, de Colebret de Danville.

— Ce sera un jour béni de Dieu, dit tout à coup Béraud.

Il quitta l'arbre contre lequel il s'était appuyé.

— Je courrai fermement au-devant de son glaive. Je courrai comme il a dû courir ce cerf qui peut-être nous observe et qu'il n'a jamais pu atteindre. Je ne vengerai pas que vous, dame Yolande. Ah ! non... Je vengerai également Olivier.

Il s'était découvert une seconde raison d'être impitoyable. Il ajouta, les mains aux hanches, avec une fermeté, une ferveur que Yolande ne lui connaissait point et dont elle soupçonna la violence :

— Votre époux a pu observer quelle preudefame vous êtes. Aucune autre n'aurait eu la vaillance de courir une lance, et qui mieux est, une lance de guerre, contre lui. Certains hommes, même, se seraient abstenus. Comme je ne puis accepter qu'il me boute hors de selle et qu'il me meshaigne ; comme je ne puis accepter non plus qu'il soit vainqueur pour courir, ensuite contre vous, eh bien, le varlet que j'étais...

— Vous ne l'avez jamais été ! protesta Yolande. Mon cœur m'eût interdit de vous considérer comme tel !

— De varlet, dis-je, me voilà désormais votre homme lige.

En avait-il toujours rêvé ?

Yolande eût voulu prononcer quelques mots. Elle s'en devinait incapable. Le fluide vital qu'elle avait capté en s'exerçisant sans relâche sous la souple houlette de Béraud, cette hargne mystérieuse qui l'avait précipitée au-devant de la lance adverse, lui faisait désormais défaut. Rien ne l'animait plus. L'impulsion de la vengeance s'était évaporée avec l'âme de son fils.

— Vous avez réussi, dame, votre dessein, dit Chaingy en réinstallant le houssement sur l'arrière-main, puis sur l'encolure d'Ajax. Vous triompherez de votre deuil... de quelque façon qu'il se soit produit.

— Arthur a raison, dit Béraud en s'approchant. On ne porte pas le deuil d'un saint. On le sait bienheureux et le vénère. Pour moi comme pour vous, Olivier fut un saint.

— Je connais, dit Chaingy, cette fièvre qui vous hante et vous pèse aux épaules... J'ai aussi perdu quelqu'un de cher... Vous vous en remettrez.

— Jamais.

Comment eût-elle pu se guérir de l'infanticide qu'elle avait commis même si Floris l'y avait contrainte ?

Le soleil déclinait. L'armure étincelait. Béraud pensait-il ou avait-il pensé qu'elle l'avait emplie de ses formes ? Imprégnée de l'odeur de sa chair ? Impatient et songeur, il semblait animé d'une vie prodigieuse. Il n'était que d'observer ses jambes fervêtues : elles ne pouvaient rester en place. A plusieurs reprises, il tira sur son jupon de mailles pour vérifier s'il lui tenait bien aux hanches. Puis il passa, légère, une paume sur ce que l'on voyait de son visage. Son œil prit ensuite plus d'éclat :

— Vous feriez bien, dame, de nous quitter. Regagnez le

donjon par le chemin que vous avez pris en venant. Vous verrez mon appertise (1) par la fenêtre de votre chambre.

C'était la sagesse même. Yolande refusa de la tête. Le personnage archangélique de Béraud effaçait pour un temps son allure discrète, et sa voix avait pris, sans qu'il en eût conscience, une teinte aristocratique. A l'idée même qu'elle lui obéirait encore, pour peu qu'il le voulût, Yolande sentit du rouge envahir ses joues.

Elle se leva péniblement mais sans aide et s'approcha de celui qui n'avait cessé d'être son maître et son complice.

— Si peu que vous soyez parti, vous allez me manquer.

Béraud ferma son unique paupière. Quelque chose y avait brillé.

— Je sais, dame... Je sais...

Elle eut envie de le saisir à pleins bras, d'appuyer sa poitrine encore belle – quoi qu'en eût dit Floris – sur ce plastron d'armure où un cœur ne battait que pour elle. Envie de laisser sa tête reposer, ne fût-ce qu'un instant, sur cette spallière (2) que venait d'embellir, telle une goutte de sang, une coccinelle étourdie. Sa résignation devant le drame qui s'annonçait prit ce caractère d'austérité religieuse qu'elle avait chaque jour face au Crucifié. Il fallait s'en remettre à Dieu. Le Seigneur avait voulu qu'il en fût ainsi. Il allait départager deux hommes qui s'affronteraient, Béraud pour elle, Floris pour Mahaut.

— Béraud, mon cher ami... Ce que j'endure ne nous a-t-il pas suffi à l'un comme à l'autre ?

(1) Prouesse.
(2) Épaulière.

Elle offrit une main tremblante à l'écuyer. Contre toute attente il ne la saisit point.

— Pourquoi, Béraud ? Pourquoi ?

Tout était froid soudain en elle. Pourquoi cette... pourquoi ce semblant de rupture ? Ils étaient comme seuls et plus rien n'existait.

— Yolande, dit-il enfin, doucement, Yolande... Il convient d'ores et déjà que mon cœur se durcisse.

Il leva une main, la dextre :

— Votre époux m'a jeté un gantelet aux pieds... J'ai mis les vôtres... J'y ai laissé la mousse que vos doigts avaient tiédie... Je puis imaginer votre corps enveloppé de tous ces fers... Vous les avez comme sanctifiés...

Ils restèrent silencieux. Des images se mêlaient dans leurs têtes. L'émoi des sentiments, loin d'accorder à Yolande les clartés dont elle avait tant besoin, aggravait de nouveau son désarroi et sa douleur.

— Pourquoi l'avoir défié ? Arthur de Chaingy pouvait l'humilier.

Une voix s'éleva, à la fois proche et lointaine, dans le cerveau encore enténébré de Yolande.

— C'est à votre ami, dame, c'est à votre homme lige et parce qu'il vous admire de vous libérer d'un époux qui, vous préférant une autre, ne cessait de vous traiter d'indigne façon.

— Arthur a raison, dame.

Yolande avança d'un pas. Béraud recula d'autant. On eût dit que des forces malicieuses les poussaient en sens inverse l'un de l'autre.

— Je crois en vous.

Tout son cœur criait : « *Aidez-moi, Béraud ! Aidez-moi !* » A moins que ce fût : « *Aimez-moi !* » Oui, après avoir perdu Olivier, elle perdait son ardeur et trouvait moins d'amertume à se sentir vieillir qu'à se savoir à jamais brisée par un remords dont les plus ferventes prières ne la guériraient point.

— Dame, dit Béraud, d'une voix tendre, soyez assurée qu'un jour ou l'autre, à l'issue de quelque grave offense, j'aurais défié votre époux.

— Je ne veux pas que vous perdiez la vie par ma faute !

Elle eût pu ajouter : « Vous m'êtes aussi précieux que l'air que je respire », mais qu'eût pensé Dieu de cette révélation ?

— De quelle vie, dame, voulez-vous parler ?... De celle que je traîne en me dissimulant derrière ce faux-visage ? Croyez-vous qu'elle soit à ma convenance ? Porter un bassinet ou un heaume me sied davantage que ce morceau de cuir qui ne cache rien pour moi de ma disgrâce et pour vous de mes tourments... Soit, on se rit de moi ou bien on compatit. D'amour, il n'y a point. Qui donc voudrait de ma personne ? Quelle femme, même la plus... généreuse, souhaiterait s'accommoder de ma laideur ?

L'écuyer se détourna brusquement comme si des larmes venaient d'envahir son œil.

— Lorsque le cor sonnera, dame, il nous faudra nous dire adieu.

— *Adieu !* se recria Yolande soudain agenouillée, les mains serrées sur les chevilles ferrées de Béraud. Pourquoi *adieu* ? L'issue de cet affrontement vous semble-t-elle fatale ?

Il ne répondit pas et, comme elle le lâchait, il se réfugia dans l'ombre de la tente.

Chancelante et comme attirée par l'arbre choisi entre tous, Yolande partit s'adosser au chêne. Elle tremblait de froid. Aucune larme ne mouillait ses joues. Le malheur semblait l'avoir asséchée. Quelle que fût l'issue de la joute, elle savait qu'elle ne pourrait y survivre longtemps. Pour Olivier d'abord. Pour son époux ensuite qui, s'il ne l'occisait point en l'affrontant, demanderait le divorce. Elle le lui accorderait. Pour Béraud, enfin, son maître d'armes. L'homme qui avait conquis son âme.

Le temps semblait s'être immobilisé.

L'écuyer réapparut, l'écu au cœur enflammé suspendu par sa guige à son bras senestre. Il fit une genouillade :

— Dame Yolande, ma belle et bonne élève, bénissez-moi.

Et la tête basse :

— Bénissez-moi pour l'amour de moi.

C'était dit et c'était la vérité. Yolande eut un humble et fervent sourire. Eh bien, oui : elle aimait cet homme. Elle lui offrit une main fiévreuse et frémissante comme une colombe prête à prendre son essor.

— Mon grand, mon très grand, mon unique a...ami, acceptez ma bénédiction.

— Dame, où que je sois – au ciel ou sur la terre – ne m'oubliez pas dans vos prières. Je sais que le Seigneur les exaucera.

Leur accointance avait cessé d'exister. Parler davantage eût été sans doute se découvrir des faiblesses indignes d'eux.

— Vous ne mourrez point. Je le sais.

— Ce n'est pas pour ma vie que je vous demande de prier, mais pour mon âme. Mes intentions sont impures... Vous les connaissez.

Elle posa un index glacé sur ses lèvres entre-closes pour taire un aveu sur le point d'être livré à un cœur enchâssé de tristesse et de désespoir. Un cœur à la semblance du sien. Elle savait qu'il existait des mots qui ne devaient être prononcés sous peine d'en rompre le charme.

Elle éprouvait tout à coup, face à cet homme dénaturé par la guerre, un sentiment de petitesse et de fragilité. Avait-elle épuisé, en un seul galop bref et terrible, tout ce qu'elle portait en elle de hardiesse et d'énergie ?

Petiton vint coiffer Béraud du bassinet. Une fois celui-ci lacé au colletin, le Défiguré en rabattit la visière, devenant ainsi pareil aux autres.

— Voyez-vous comme il faut ? Vous n'avez...

— Qu'un œil... Certes, dame, dit une voix enjouée sous le fer qui, par-dessus le cuir, dissimulait une horreur. Certes, mais ne dit-on pas qu'il vaut mieux voir excellemment d'un œil que mal des deux ?

C'était un adage de son invention. Béraud se tourna vers Petiton :

— J'ai grand-hâte d'en avoir fini... Compère, ton armure n'est guère à ma taille. Trop étroite... Mais sache-le, et vous aussi, dame, j'en ferai bon emploi...

Yolande considéra cet homme qui la dévisageait ou la contemplait tout entière – comment savoir ? – et s'émut de ce regard en vérité unique. Une âme singulièrement aimante y rayonnait. Quoique exclusivement occupée de l'événement qui se préparait, un émoi l'envahit en songeant à ce que cet homme avait été, au temps de sa juvénile beauté. Elle se remémora la nacre de ses dents lorsqu'il lui souriait, la clarté de ses yeux sous le bord épais du chaperon ou dans la pénombre de la visière relevée. Son bras couvert de fer avait frôlé le sien tout en la rassurant avant Crécy : « *Soyez quiète, dame Yolande : Bernardet vous reviendra. Je vous en fais promesse !* » Après avoir baisé son fils, elle avait été tentée d'étreindre cet homme de fer que Floris impatient, considérait d'un regard acéré : « *Allons, Béraud ! Cessez de faire le joli cœur ! Ce n'est pas à vous mais à moi de veiller sur mon fils dans la mêlée !* » L'orgueil, toujours...

En rageant qu'ils fussent couverts d'écailles de fer, elle saisit les doigts du Défiguré. Elle crut sentir leur chaleur. Elle ne résista pas au bonheur de les porter à ses lèvres puis, trouvant cet attendrissement insuffisant, elle prit Béraud par la taille pour l'entraîner loin de Petiton.

Elle était affamée de tendresse, décidée à renverser toutes les barrières érigées entre eux pour ne devenir qu'une femme aimante. Mais un reste de dignité annihila les propos en gésine. Son bras déceignit l'écuyer. Sa voix ne fut plus qu'un gémissement.

— Béraud... Nos cœurs se sont parlé et comme

confondus. Soyez serein : Dieu vous garde. Lorsque vous êtes parti pour Crécy... Quelques jours avant, même... J'aurais dû... Oui, j'aurais dû vous avouer...

D'un mouvement vif le Disgracié releva la visière importune, saisit la dextre offerte et en baisa la paume. Les doigts fins, couleur d'ivoire, se refermèrent sur de la tiédeur.

— Je sais... Déjà, il y avait quelque chose entre nous. Mais Dieu ne l'aurait pas permis et il aurait certainement eu raison.

A pas lents, l'écuyer marcha vers Ajax. Il lui caressa longtemps l'encolure. Il posait son pied sur l'étrier lorsque son nom fut prononcé comme un appel à l'aide. Usant d'un reste de ses forces, Yolande le rejoignit.

— Tenez, dit-elle.

Elle lui montrait le volet que Petiton venait de lui remettre.

— Au moins, pour une fois, présentez mes couleurs. Qu'elles attirent la bonne chance et vous persuadent, ami, de ce que vous devinez.

Le Disgracié se saisit du volet. Il se retint de le porter à ce qui subsistait de sa figure.

— Dame, il m'est doux et sacré comme vous. Si je meurs, qu'il soit avec moi dans la tombe.

Béraud dégagea son bras senestre des énarmes de l'écu au cœur de flamme. Yolande prit son temps pour nouer le fin tissu à la cubitière offerte. Ensuite elle recula et séchant ses yeux :

— Vous allez enfin, mon ami, porter noblement mon emprise.

— Noblement et fièrement, dame. Que l'Éternel vous préserve des douleurs de ce monde.

Béraud la regardait. Une sorte de repentir assombrissait, tout au fond de son œil, la lueur qu'un instant Yolande y avait surprise. Il se mit en selle avec une promptitude et une aisance qui donnaient à penser que l'armure ne pesait rien. Refusant l'aide de Chaingy, il s'éloigna au petit trot.

XIII

Elle avait décidé de regagner sa chambre. Penchée à la fenêtre, elle s'y désespérait. Si Béraud succombait, c'était ici que Floris la viendrait chercher. Contrairement à l'accoutumée, elle ne s'était point verrouillée. A quoi bon...

Qui gagnerait ? Pouvait-elle souhaiter le trépas de Floris ? Non. Cent fois non. Espérer le triomphe de Béraud, c'était pourtant opter pour la mort de son époux.

Les idées ne lui venaient plus que comme des envols de clartés insaisissables dans la caverne de son crâne. Elle ne voulait se référer ni au passé ni au présent. Et pourtant... Son bassinet était-il bien fixé pour le cas où Floris essaierait de l'atteindre de prime face ? Et son écu ? En tenait-il bien la poignée ?... Une fois rabattu son viaire (1), il deviendrait pareil à son contendant. Un chevalier. La male chance avait fait en sorte qu'il ne le fût pas, et pourtant, il méritait les éperons d'or... A Crécy, lors de la bataille, il eût dû recevoir l'indispensable colée. Elle la lui eût donnée bien volontiers elle, Yolande, si les usages l'y avaient autorisée.

(1) Visière.

Elle déraisonnait. « *Où est-il ?* » Petiton avait disparu. Il avait dû, pourtant, le rejoindre. Une fois en lice, il reprendrait sa fonction d'écuyer.

Attentive aux bruits et mouvements d'où qu'ils vinssent, Yolande trouvait dans l'événement qui se préparait la raison d'un effroi sans antidote. Elle soupira de lassitude tant ce dimanche lui paraissait abondant et divers en sensations contradictoires, bien que toutes souillées d'une fatalité mortifère. Jamais, se dit-elle, – ah ! non, jamais – elle n'aurait le courage de pousser seule l'huis de la chambre où Olivier reposait.

« Je ne suis qu'une couarde !... Une couarde !... Or çà, si je l'étais, aurais-je empoigné une lance ? »

Elle rejeta ce dilemme. Bien que la fatigue se fût vrillée à ses jambes et qu'elle craignît de ne pouvoir faire un pas, elle résolut d'aller prier au chevet de son fils.

Elle renonça encore.

Couarde ! Couarde ! Allait-elle se mépriser ? Était-ce le moment ?

« Plus tard !... Plus tard, agenouillée près de lui, je demanderai à la Sainte Vierge d'intercéder... »

Elle ne pouvait plus achever ses pensées. Elle avait jusque-là contenu sa détresse. L'évidence de la peur qu'elle éprouverait pour cette macabre entrevue entre Olivier et elle lui tira des pleurs. Elle les laissa couler. Ses yeux humides donnèrent à sa vue plus d'acuité. Ses joues brûlantes lui parurent plus fraîches.

« J'ai toujours fait ce qu'il fallait. Pour lui autant que

pour Bernardet. Est-ce ma faute à moi s'il vivait en ermite ? »

En reprenant conscience de sa valeur de mère, elle se reprocha de s'être montrée insuffisamment déterminée, parfois, à forcer le seuil du reclusoir de son puîné. Peut-être avait-il espéré ce geste. Peut-être, parce qu'elle ne l'accomplissait pas, s'était-il replié davantage dans cette solitude peuplée de Dieu et de saints en laquelle il s'était enfoncé avec une sorte de volupté, – si l'amour du Très-Haut en pouvait inspirer !

N'avait-il pas senti qu'elle l'aimait ? Qu'en dehors du cercle étroit où il se confinait, un monde terrestre existait, peuplé de gens et de réalités, de bonheurs et de vérités qu'il se devait de connaître ? S'était-elle suffisamment intéressée à cet être tellement différent des deux « hommes » de Maillebois : Floris et Bernardet ? Avait-elle été une bonne mère ?

« Oui », répondirent de grandes voix inconnues, puissantes et revigorantes. « Tu l'aimais mieux que ton ains-né (1) à cause de sa pusillanimité. »

Avait-elle été, tout récemment, une femme digne de ce nom ? Certes. Elle s'était affranchie de l'existence commune à toutes celles de son espèce et s'était révélée a elle-même et à son époux comme un être d'exception – à l'instar d'Olivier. Floris en était furieux, lui qui l'avait crue confinée dans une espèce d'insignifiance. Eh bien, elle avait eu raison de caresser le beau dessein de le vaincre. Il savait que sans son abominable astuce, elle y serait parvenue.

(1) Aîné.

Une trompe sonna.

Elle entrevit Floris entre deux arbres. Entre deux autres, le milieu du champ apparaissait, et c'était en cet endroit même qu'Olivier avait chu. Deux autres arbres encore : l'aire où Béraud allait apparaître se voyait avec une netteté singulière.

« Le voilà !... Il est beau comme Tristan ou Lancelot. »

Elle sentit son cœur s'embraser.

Petiton accompagnait le Disgracié sous lequel Ajax piaffait d'impatience ou d'orgueil.

Considérant l'armure dans laquelle elle s'était introduite, Yolande, sans pouvoir s'interdire une émotion nouvelle, crut assister à sa propre apparition. Une mélancolie lui pénétra l'âme en même temps qu'un vœu qu'elle formula d'une voix forte :

— Fais-le souffrir, Béraud, mais ne le tue pas. Je veux me rire de lui jusqu'à la fin de mes jours. S'il perd, telle que je la connais, Mahaut l'abandonnera.

La foule exhalait ses rumeurs et ses cris. Jovelin courait au-devant de Béraud, précédant deux juges dont l'un portait une lance. A peine l'avait-il en main que Petiton se mettait à examiner le frêne. Des parlures commencèrent. Agitant son unique bras, Lambrequin de Piseux exigeait du Défiguré qu'il soulevât sa visière.

« C'est vrai que Lambrequin n'était pas parmi ceux qui ont vu Olivier mort... Il ne sait rien de ce qui fut décidé entre Floris et Béraud. »

L'écuyer refusait de révéler son visage – ou plutôt ce qu'il en restait. Il empoignait sa lance. A l'opposé, Floris devait hurler : « *Qu'on en finisse !* » Petiton acquiesçait pour Béraud.

Le sang tambourina aux tempes de Yolande. La fin... Serait-ce la fin de qui ?

Le cœur pesant d'un sang qui semblait s'y coaguler, elle se surprit à souhaiter ardemment que la vie de Béraud, vainqueur, fût transfigurée. Oui, il fallait qu'il vécût et devînt son sénéchal. Or, lui, ses pensées devaient être tout autres. Se laisserait-il navrer pour en finir avec une existence dépourvue du moindre plaisir ? Baisserait-il sa lance afin d'accueillir la mort comme une délivrance ?

« Non !... Outre que ce sacrifice n'est pas dans son caractère, il ne peut renoncer à moi. Il a besoin de ma présence autant que moi de la sienne ! »

La trompe !

Béraud galopait à cache-cache entre les arbres.

Il couchait la hampe de frêne prolongée d'un acier meurtrier.

Le galop d'Ajax et les battements de cœur d'une femme éprise ne pouvaient que se confondre.

Le heurt !

Les lances toutes deux rompues.

Yolande redouta le pire.

Qui gisait à terre ?

Les pleurs longtemps retenus brûlèrent des joues livides.

« Je ne veux pas savoir... Non ! je ne le veux pas ! »

* *
*

Petiton trouva Yolande recroquillée sur son lit.

— Pleurez, dame, si ça vous soulage, mais réjouissez-vous... *Il* a vaincu. Oui, il a vaincu !... Il m'a enjoint de courir vous le dire... Allons, relevez-vous... Laissez-moi vous aider... Venez, il veut vous saluer à la fenêtre.

Chancelante, soutenue par l'écuyer d'Arthur de Chaingy, Yolande atteignit l'étroite baie d'où l'on voyait, au-delà des tours portières, la lice improvisée par son époux.

Là-bas, Ajax allait au pas, nullement éprouvé par la course qu'il avait fournie. Dessus, Béraud, bassinet clos, saluait l'assistance.

— Vivant ! Il est vivant et vainqueur ; Dieu est bon !
— Il l'est, dame.
— Je veux l'aller voir. Je veux lui dire... Regardez-moi, Petiton. Ces larmes ne m'ont-elles pas défi...
— Nullement, dame. Nullement.

Soudain, alors qu'elle allait se précipiter au-dehors, Yolande vit Béraud tourner bride et partir au galop vers Saint-Ange-et-Torçay.

— Dame, commenta Petiton, il le fallait... Ce n'est pas du remords qui l'éloigne de vous. Oh ! non, dame, ce n'est pas ça... C'est, Dieu me pardonne, l'amour qu'il vous a toujours voué... Je... Je vous dis adieu, moi aussi. Vous êtes... Vous êtes… bonne à aimer !

Yolande s'accouda à la fenêtre. Quelque chose toucha sa joue. Une brise ou des lèvres : celles de Petiton. Puis elle se sentit seule.

En haut de la Butte-au-Cerf, en attendant son écuyer, Arthur de Chaingy commençait à démonter son tref.

En bas, sur le champ clos que le public abandonnait, un homme fervêtu gisait, qui ne pouvait se remettre debout en dépit des efforts de Gillebert et Andrieu auxquels se joignait Jovelin du Boullay. Après avoir considéré le gisant de tout son haut, une dame s'éloignait à pas menus et sautillants vers un familier qui semblait l'attendre.

XIV

Yolande ne revit point le Défiguré. Gillebert lui apprit qu'il était parti pour les Allemagnes en compagnie d'Arthur de Chaingy et de Petiton de Tigy. Ils avaient, à Saint-Ange-et-Torçay, fait l'acquisition d'un cheval.

Un jour, après qu'elle eut longtemps hésité, la curiosité poussa une femme brisée dans la chambre que Béraud avait occupée, au-dessus de l'écurie. Elle la trouva complètement vide. Il avait donc emporté subrepticement, avant la joute, dans le pavillon de ses amis, ses armes, son harnois de guerre et ses vêtements.

Elle avait cru tout d'abord que sa fuite précipitée du champ clos était due au remords d'avoir meshaigné (1) Floris avec une rage infinie. Or, cette victoire motivée par la haine n'était pour rien dans cet abandon. Elle convint que Petiton, plus perspicace qu'elle-même, avait tout vu et tout compris : l'homme qu'elle avait chéri, l'écuyer qui l'avait admirée s'en était allé par désespérance d'amour. Ils

(1) Maltraiter.

avaient vécu ensemble une passionnante aventure. Elle le vénérerait toujours.

Il lui advint de penser à lui comme à un amant imaginaire. C'était alors le visage d'avant Crécy qui éblouissait sa mémoire. C'étaient aussi sa voix, ses sourires, voire ses rougeurs lorsqu'elle s'adressait à lui, jadis, comme à un ami sûr, alors qu'il n'était encore qu'un damoiseau de l'âge de Bernardet que son père, Archambaud Sommereux, avait confié à Floris quelque temps avant sa mort pour qu'il en fît un chevalier. Mais Floris en avait pris ombrage, soupçonnant sans doute chez cet adolescent des qualités que ni lui ni Bernardet ne possédaient.

Sous le coup qui avait transpercé son écu et rouvert profondément sa cicatrice à l'épaule, le baron de Maillebois s'était brisé les jambes et rompu le poignet dextre. Irrémédiablement impotent, il avait fallu lui confectionner une chaire à quatre roues. Lorsqu'il marchait – fort peu –, il se dandinait tellement que sa domesticité l'avait surnommé Brandeleur (1). La vergogne l'accabla d'autant plus que la belle Mahaut s'était refusée à partager la vie d'un infirme. Sincèrement ou non, elle s'éprit de Colebret de Danville et l'épousa.

Cet affront asséné après sa défaite devant Béraud ne cessa de tenailler la hautaineté de Floris. Il décéda le 20 mai 1358, jour de la Pentecôte.

Yolande n'attendait plus rien de la vie. Cependant, chaque matin, qu'il fît beau ou non, elle sellait tantôt Facebelle, tantôt Flandrin, le cheval de l'absent, et galopait

(1) *Brandeler* : chanceler.

jusqu'à la clairière où elle avait appris à jouter comme un prud'homme. Elle pleura ses dernières larmes lorsqu'elle brûla, deux mois après les joutes de Maillebois, les lances rompues avec lesquelles elle avait apprêté sa vengeance.

Sitôt veuve, elle fit donation de ses maigres biens au moutier de Lessay où Olivier avait sans doute passé, parmi les hommes en froc de bure, le meilleur de sa brève existence. Ensuite, usant comme d'une clé du reste de son patrimoine, elle entra le plus sereinement du monde en l'abbaye de Maubuisson, sur recommandation de maître Chénevard, le tabellion qui l'avait aidée à amasser le reliquat de la rançon de Floris. La sœur du notaire appartenait à cette communauté religieuse et l'on pronostiquait – peut-être imprudemment –, qu'elle en deviendrait l'abbesse.

Yolande s'éteignit en odeur de sainteté le mercredi 6 avril 1362, le jour-même où, à Brignais, près de Lyon, une nouvelle défaite était infligée aux guerriers aux Lis. Cette fois, ce n'étaient pas les Anglais qui les avaient vaincus, mais les Tard-Venus : douze mille malandrins de la pire espèce.

Parmi les gens de France placés sous le double commandement du duc de Bourbon et du comte de Tancarville, un homme portait un masque de cuir. Ses compères qui survécurent à la bataille révélèrent qu'ils l'avaient baptisé *Cœur-de-Flamme* à la suite de certaines confidences sur ses amours impossibles. Il avait péri, selon eux, dès le commencement d'une attaque irrésistible parfaitement conçue par les routiers.

Rien ne permet d'affirmer qu'il s'agissait du « déserteur » de Maillebois.

"Au nom de l'honneur perdu"

Cycle d'Ogier d'Argouges
Tome 1 : Les lions diffamés
Pierre Naudin

Après la bataille de l'Écluse, en 1340, Godefroy d'Argouges, injustement accusé de trahison, a été dégradé. Les glorieux Lions d'or de son blason sont diffamés. Pour laver cet affront et recouvrer l'honneur perdu de son nom, il envoie son jeune fils, Ogier, apprendre le maniement des armes auprès de son oncle, Guillaume de Rechignac, qui réside dans le Périgord. Formé à toutes les formes de combat, Ogier sera le bras armé de la vengeance des Argouges.

2. Le granit et le feu
(Pocket n°11015)
3. Les fleurs d'acier
(Pocket n°11016)

Il y a toujours un Pocket à découvrir

"Dernière chance"

Cycle d'Ogier d'Argouges
Tome 2 : Le granit et le feu
Pierre Naudin

Cinq ans se sont écoulés. Ogier a fait ses armes chez son oncle Guillaume de Rechignac et songe déjà à partir réparer l'affront infligé à son père. Mais, alors que les Anglais se sont répandus en Périgord, un capitaine d'aventure fait le siège de la forteresse de Rechignac. Afin de détruire le redoutable engin d'assaut qui la menace, Ogier tente une sortie...

1. Les lions diffamés
(Pocket n°11014)
3. Les fleurs d'acier
(Pocket n°11016)

Il y a toujours un Pocket à découvrir